異色作家短篇集
16

嘲笑う男

Sardonicus and Other Stories／Ray Russell

レイ・ラッセル
永井　淳／訳

早川書房

嘲笑う男

SARDONICUS AND OTHER STORIES

by

Ray Russell

Translated by
Jun Nagai
Published 2006 in Japan by
Hayakawa Publishing, Inc.
This book is published in Japan by
arrangement with
Robert P. Mills
through Tuttle-Mori Agency, Inc., Tokyo.

目　次

装幀／石川絢士（the GARDEN）

サルドニクス

Sardonicus

1　気どった《S》

一八——年の初秋、きわめて満足すべき職業上の一連の成功をおさめつつも、一方肉体的には極度の疲労に追い込まれたわたしは、大陸への長期間の休暇旅行を本気で考えはじめていた。開業医としての日々の仕事に加えて、ある種の研究計画にも深入りしていたために、ほぼ三年間というもの一日も休暇らしい休暇をとったことがなかったのである。もっともその研究分野における成果は目ざましいものがあったので（それは靱帯と筋肉に関する研究であり、種々の麻痺症状に対して効果をあげることをわたしは願っていた）、わたし自身一週間以上も町を留守にして旅行をすることを望まなかったのも事実である。独身者であるわたしの場合は、妻が夫の健康を憂慮してあれこれ忠告してくれるということも望めなかった。その結果、ここらで休養をとらなければこれ以上健康を維持することはおぼつかないほどの過労の極に、自分自身を追い込んでいたのである。従ってその夏も終わりに近いある朝に手渡された一通の手紙を、わたしは必ずしも歓迎する気にはなれなかった。

　朝食の席で従僕からその手紙を渡されて、何度も裏表をひっくりかえして見ているうちに、その上質の紙がほとんど羊皮紙に近い重さと張りのある手触りを持っていることに気がついた。何を象ったものかさっぱり見当のつかない紋章を、真紅の封蠟の上に型捺しした封書の表には、ロンドン市ハーリー・ストリート、ロバート・カーグレイヴ卿とわたしの宛名がしたためられていた。筆蹟は間違いなく女手になるもので、繊細であると同時に明晰なその筆致には（とりわけ後者の美点は、婦人の筆蹟にあっては極めて稀である）、どこかで見覚えのあるような気がしてならなかった。この筆蹟の明瞭さは――以前それにお目にかかったのはどこでだったろうか？――ほとんど判別に苦しむほど不可解だが、もう一度よくよく目をこらしてみた結果ついに単なる《S》という文字でしかないと結論するに到った封蠟の模様に較べれば、まさに正反対の卒直さを表わしているように思われた。実際その《S》という一字は、くねくねと複雑に曲がりくねって、見る者に無遠慮な冷笑を浴びせかけるかのようで、その冷笑を除けばあとにはほとんど何も残らないのではないかと思われるほど奇妙な形をしていた。実をいえばわたしはその俗っぽく気どった《S》という文字を一目見た瞬間不快な気分になったのだが、すぐにそんな事に腹を立てている自分の愚かさかげんを反省していた――なぜなら、世の中にはたかが気どった印章などよりもはるかに不快なことがほかにいくらもあることに気がついたからである。

例によって些細なことでも腹を立てやすい自分の欠点を省みて苦笑しながら、なおもその封書の重さを量るかのように片手にのせて、《S》という頭文字ではじまる友人知己の名前をあれこれ思いうかべてみた。外科医師会のメンバーであるシプリイ老、剽軽《ひようきん》で機智に富んだ友人のヘンリー・スタントン卿、さしあたってすぐに頭に浮かんでくるのはこの二人しかいない。ハリーからだろうか？　彼は長期間ひとつの場所にいることは稀だが、行く先ざきからまめに手紙をくれる。しかしハリーの肉太の筆蹟は女性のそれとはほど遠いし、それに、親しい友人間の一風変わった冗談や戯れとしてでもなければ、こんな印章など使うはずはない。従僕がこの手紙を持って来たときに告げたところによれば、それは郵便人によって配達されたのではなく、使いの者が直接届けに来たという。そのときはべつに不思議とも思わなかったが、今になってその奇妙な事実が好奇心をかきたてる。わたしは目ざわりな封蠟をはがしてパリパリ音のする上質の封筒を開けた。

中の手紙もやはり上書きと同じどこか見覚えのある

明瞭な筆蹟でつづられていた。わたしの視線はまずおしまいの署名のところへ注がれた。が、マダム・Sとあるだけのその署名は、何事も明らかにしてはくれなかった。わたしの交友範囲に、マダム・Sという婦人はいなかったからである。

わたしは手紙を読み終わった。それは、わたしがこの手記をつづっている今も、目の前に置かれている。以下その内容を一字一句手を加えないままに書きうつしてみよう。

親愛なるロバート卿

わたくしたちが最後にお会いしてから早くも七年に近い時が流れました――もっともその当時あなたさまはまだカーグレイヴ卿にはなっておられず、ただのロバート・カーグレイヴでしたから（ただしあなたさまがナイトの爵位を受けられる日が近いという噂は、すでにその頃から囁かれておりました）、はたして今でもわたくしのことを、つまりモード・ランドルのことを覚えていてくださるかどうか心配です。

モード・ランドルを覚えているかって！　鈴のように美しい声で話し、栗色の髪とつぶらな茶色の瞳を持つやさしいモード、ロンドン中の若者たちは彼女のやさしい心と快活さに魅了されて、ほかの娘たちには一顧だに与える暇がなかったものだ。彼女は富裕な家に生まれた。が、父親が無分別な投機に手を出して財産を食いつぶしてしまい、ついには自らの手で命を絶つ羽目になったため、ランドル一族はロンドンの上流社会から完全に姿を消してしまった。モードは、噂によればある外国人と結婚して大陸に住んでいるということだった。わたしはロンドン中のどの青年にもひけをとらないほど熱烈な愛情をモード・ランドルにたいして抱いていたので、その噂をひどく辛い気持で聞いたものだが、自分の感情が少なくとも一部は報いられたと考えると、まんざら悪い気はしなかった。モード・

ランドルを覚えているかって？　もちろん覚えているとも、とわたしはもう少しで声を出して叫びそうになった。あれから七年たった今、彼女はマダム・Sと名前こそ変わっているが、かつて何度となく受け取った招待状で見覚えのあるあの筆蹟は、昔と少しも変わっていなかった。わたしは先を読み続けた。

　わたくしはしきりにあなたさまのことを思い出しております、と申しますのは――こんなことを申しあげては失礼かもしれませんけど――わたくしにとってあなたさまのご出席になる会合ほど楽しかった思い出はありませんし、ロンドン時代、わたくしの母が催した夜会にあなたさまにもご出席いただいたおりのことが、とりわけ懐しく思い出されるからなのです。さぞはしたない女だとお思いになることでしょう。あまりにも卒直すぎることがわたくしの欠点だと、母はいつも申しておりました。そのやさしい母も、父の死後一年とたたないうちに後を追いました。でもこのことはあなたさまもご存じかと思います。

　わたくしはとても元気に過ごしておりますし、ここの生活は、来客はめったになく、主人と二人だけの暮らしに満足しておりますので、まさに平静そのものです。Sはとても優しい心の持ち主なのですけど、生まれつき物静かで控え目な性質のため、人の集まる場所とか、パーティとか、舞踏会といったものはあまり性に合わないようです。そんなわけですから、この城に二週間ほどあなたさまをご招待するように主人にすすめられたとき――主人の言葉をもっと正確にお伝えすれば、『少なくとも二週間は滞在していただきたいところだが、ロバート卿にわれわれのような田舎者のところで我慢していただける日数で満足せねばなるまい』となります。（これだけでも彼がどんなに思いやりのある人柄かおわかりでしょう）――わたくしは嬉しさのあまり天にものぼる心地でした。

わたしはこの手紙を読み進めながら、思わず眉をひそめていたに違いない、なぜならS氏の語ったという言葉は、やさしい心どころか例のばかげた印章に劣らぬ愚劣さと俗っぽさを表わしているように思われたからである。だが、そういった自分の心の動きが、多少ともS氏に対する嫉妬心に彩られていることを知っていたので、わたしはできるだけその感情を抑えることにした。結局彼は人を見る目とすばらしい感受性をそなえた娘モード・ランドルに求婚してその手をかち得たのだ、まさかモードほど聡明な娘が、田舎紳士の甘言にのせられて意にそまぬ結婚をするはずはあるまい。わたしはそう考えて自分を納得させた。それに、城に住んでいるとは！　なんとロマンティックな話だろう！「……この城にあなたさまをご招待するように……」と、手紙には書かれているが、いったい「この城」とはどこにあるのだろうか？　使いの者が直接届けに来たという封筒からは、なんの手がかりも得られない。わたしはふたたび書面に目を転じた。

じつは、ついきのうのことなのですけど、わたくしはロンドン時代の思い出話の途中で、あなたさまのお名前をふと唇にのぼせたのです。Sは急にそのことに興味を抱いたものらしく、『ロバート・カーグレイヴといったな？』とわたくしにたずねます。『たしかそれと同じ名前の有名な医者がいるはずだが、多分その人とは別人なのだろうね』わたくしは、じつは同じ人物なのだと答え、まだいまほど有名でなかった頃のあなたさまを存じあげていることを、笑いながら説明いたしました。『で、彼を非常によく知ってるのかね？』と、Sは重ねてたずねます。わたしは愚かにも一瞬Sがあなたさまのことで嫉妬しているのだと考えてしまいました！　でも、やがて話が進むにつれて、わたくしの考えが間違っていたことが明らかになりました。そこで、あなたさまがランドル家の友人であり、たびたび家においでくださったことなどを追々説明いたしました。『それはまことに幸運な偶然の一致だ』と、Sは申します。『じつはロバート・カーグレイヴ卿にはかねてからお目にかかりたいと思っていた。おまえが卿と旧知の間柄だとはちょうど都合がいい、さっそく彼を休暇旅行に招待してみてはどうかね』

といった次第で、わたくしはSの頼みに応じて――と同時にわたくし自身の心の命ずるところに従って――あなたさまのお好きなだけ当地に滞在なさいますようご招待することにいたしました。ここにはめったにお客さまが見えることもありませんし、なつかしい昔のお友だちと会って最近のロンドンの模様などをお訊ねするのもさぞかし楽しいだろうと存じますので、ぜひともわたくしどもの願いをかなえていただきたく、心からお願い申しあげます。どうぞすぐにお返事をお聞かせくださいませ。Sは郵便というものを信用いたしておりませんので、所用のためロンドンを訪れることになっております召使いの一人にこの手紙をたずさえさせました。その者を通じてご光来のおもむきをお聞かせくださることを心からお待ちいたしております――

わたしは従僕を呼び寄せて訊ねた。「この手紙を届けてきた者は返事を待っているのかね?」

「玄関で待たせております」

「最初にそういってくれなくては困るな」

「申しわけございません」

「とにかくその男を通してくれ。会ってみたい」

「承知いたしました」

従僕は部屋を出て行った。わたしはその間にすぐさま招待に応ずる旨の返書をしたためた。S夫人の使者が部屋に案内されてきたとき、用意はすでにできていた。わたしはその男に向かって、まず彼の傭い主を確かめるべく口をきったが、そのときになって初めて、まだモードの夫たる人の名前を知らないことに気がついた。

口の重そうなスラヴ系の容貌をしたその召使いは、ひどく訛りのある話し方で答えた。

「わたしはサルドニクスさまにお仕えしている者でございます」

サルドニクス！　またしてもあの印章同様の気どった名前だ、とわたしは心の中で呟いていた。「では、どうぞこの手紙をサルドニクス夫人に渡してくれたまえ。お邸に帰りついたらすぐにだよ、いいかね」

彼はかるく一礼してわたしの手から手紙を受け取り、「かしこまりました。主人に直接お手渡しいたします」と答えた。

彼の態度がどことなくわたしを苛立たせた。わたしは彼の言葉を訂正して、「奥さまにお渡しするのだよ」と、冷やかに申し渡した。

「はい、確かにマダム・サルドニクスにお渡しいたします」

わたしは召使いを引き取らせた。そのときになって、ふとサルドニクス氏の居城がどこにあるのか訊ねもしなかったことに気がついたがすでに後の祭りだった。仕方なしにもう一度モードの手紙のおしまいの部分を読んでみた。


……その者を通じてご光来のおもむきをお聞かせくださることを心からお待ちいたしております。前もっておいでになることがわかれば、あなたさまの×××滞在中、ご満足いただけるようなおもてなしができると存じますので。

わたしは地図を取り出してみた。手紙に書かれている地名は、ボヘミア地方の辺鄙な山中に発見された。わたしは期待に燃えながら新たに湧きおこった食欲で朝食をたいらげ、その日の午後から早くも旅行のための準備にとりかかった。

2　巨大な髑髏《どくろ》

わたしは――友人のハリー・スタントンとは違って――旅行のための旅行を好まない。その点に関してハリーはいつもわたしを非難し、ひからびた学者先生だとか度しがたいロンドン子だなどと悪口をいう――まあ、事実わたしにはそういわれても仕方のないようなところがあるのかもしれないが。

それというのも、船や汽車や馬車といったものほどわたしを退屈させるものはないからだ。それに、見知らぬ外国の町に到着したときの喜びは確かに大きいし、精神的に得るところの多いのは事実だが、そこに到る道中の退屈さかげんを思うと、長い旅行に出かける前につい二の足を踏んでしまうこともしばしばなのだ。

にもかかわらず、モードの招待を受けてから一ヵ月とたたないうちに、わたしは彼女の第二の故郷の土を踏んでいた。まずロンドンからパリへ渡り、そこからベルリンへ、そしてさらにボヘミア地方へと足をのばしたわたしは、×××で一人の駅者の出迎えを受けた。その男は、不自由な英語をあやつりながら、自分はサルドニクス城の使用人の一人であることを重々しい口調でわたしに告げたのである。彼は二頭立ての馬車にわたしを乗り込ませ、荷物を積んで長い旅路の最後の仕上げを急いだ。

ひとり馬車の中に身を横たえると、急に全身が震えだした。あたりの空気は冷えきっていたし、長旅の疲労がいちどきに出たせいもあったのだろう。深く食い込んだ轍《わだち》と石ころに荒らされた道を行くのは、馬車の中とはいえ決して楽ではなかった。そのうえ窓からの眺めも心を楽しませてはくれなかった。外はすでに夜の闇にとざされていたし、いずれにせよそのあたりの風景は荒涼としていて、自然の美を賞《め》でるにはきわめて不向きな趣きを呈していたからである。耳につく物音といえば馬の蹄と車輪の音、馬車の軋み、それに姿の見えない鳥たちの耳ざわりな鳴き声ばかりだった。「来客はめったにありません」と、モードの手紙には書かれていた。だが、今現にこの寒々とした、あえていうならば文明社会のあらゆる恩恵から門をとざされたような土地を訪ねてみて初めて、わたしは改めて感じたのである。こんな土地をわざわざ訪ねて来る客がないのは当然だろうし、一方そこに住む人も客を迎えようという気持にはなかなかならないだろうと。わたしは、人気《ひとけ》のない荒涼とした景色と、疲れきった気分を一新させてくれる出来事など期待できそうにもない今度の休暇旅行のことを考えると、そうでなくても沈滞気味の心理状態がさらに陰鬱の度を加えるに違いないことを思って、思わず溜息を洩らしていた。

サルドニクス城がわたしの目の前に姿を現わしたのは、まさにこういった気分のときだった――まず最初に、うずくまったような輪郭がぼんやりと地平線上に浮かびあがり、やがて一瞬雲間から現われた月の光の中に、ぽっかりと口をあけた死神の顔のようなその全貌が照らし出されたのである。わたしはあまりの凄絶さに思わず息をのんだ。だが、しばらくしてその驚きから解放されると、苦笑しながら自分自身に呟いたのだった。「しっかりしたまえ、ロバート卿。形がどうあろうと、結局はただの城じゃないか。真夜中に怪談を読みながら、影におびえて震えあがる年端のゆかない娘っこじゃあるまいし……」

サルドニクス城は九十九《つづら》折りの山道を登りつめた行きどまりに位置していた。城を取りまく雰囲気はどことなく近寄りがたく、はるばるやって来た旅人を歓迎するような暖かさと華かさはほとんど感じられなかった。むしろこの巨大な石の建造物は、きびしく人をはねつけるかのような冷淡さとよそよそしさをあたりにただよわせ、長年の間内部に埋もれた数々の秘密や、中世の暗黒と腐敗の濃密な悪臭を放っているかのように思われた。夜間、とりわけ月が満月から遠かったり雲の経帷子におおわれたりした夜は、無数の小塔を持つ城の輪郭が、ただ黒々とした影となって地平線上に浮かぶだけなのである。そしてかりに月の光が雲間から一瞬洩れ出て城を照らし出したにしても、この異様な不気味さは少しもやわらげられはしない、なぜなら突然目を驚かす明暗法《キアロスターロ》が、前面の窓を、盲目でありながら何物をも見通さずにはおかない二つの目のように、城門の落とし格子を、ぽっかりあいた口のように、そして建物全体を、現実の目にも想像力の目にも、個の巨大な髑髏《どくろ》のごとく見せずにはおかないからである。

しかし、城がわたしの目の前に姿を現わしたとはいえ、馬車が急傾斜の難路をのぼりつめて、城の敷地を外部の侵入者から護る巨大な城門の前に辿りつくまでに、なおたっぷり十五分を要した。城門は鉄で造られていて——それは微かな明かりの中で真黒に見えた——複雑にからみ合った無数の渦巻模様の意匠がほどこされていた。そして一つ一つの渦巻はさらに全体としてある巨大な模様を構成しているのだが、時おり雲間からのぞく月明かりの中で金属が笑っているようにも見えるその模様は、よくよく観察してみれば例の気どった印章と同じ《S》の一字が拡大されたものであることがわかった。この門を過ぎたところ、轍のしるされた道のはずれに、数多い窓のうち、明りのともっている二つの窓をのぞいては、暗黒そのもののサルドニクス城がそびえ立っているのである。

門番と馭者の間で耳なれない外国語が二言三言交わされた。すぐに閂《かんぬき》がはずされ、錆びついた蝶番の軋る悲鳴を長々と発しながら、門扉が内側からゆっくりとひらかれた。馬車は城内に乗り入れた。

入口に近づくにつれて正面の扉がさっと開かれ、まばゆいばかりの明りが道にあふれた。さきほどちょっと触れた落とし格子は明らかに古い時代の名残りをとどめているだけで現在は使用されていないらしい。やがて馬車が止まった。迎えに出た仰々しい身ぶりの執事は、モードの手紙をロンドンまでたずさえてきた男に相違なかった。わたしはそのときのことを覚えているというしるしに彼に対してうなずいてみせた。相手もそれに気がついたらしく、「サルドニクス夫妻はご到着をお待ち申しあげておりました。よろしければすぐに奥さまのところへご案内いたします」と答えた。わたしは荷物を馭者の手にゆだね、執事の後に従って城内に足を踏み入れた。

この城は思うに十二世紀か十三世紀ごろの築造になるものだろう。幾組もの甲冑が――それらはみな貴重この上ない品物に違いない――広々としたホールの周囲に立ちならび、いたるところに豪華な綴織《タペストリー》りや見事な彫刻をほどこした重々しい家具が目についた。壁は時の推移の痕をいささかもとどめない巨大な灰色の石材を積み重ねて造ったものである。やがてわたしは坐り心地のよさそうな数脚の椅子と、ティー・テーブルと、一台のスピネット（十六世紀ごろから用いられた小型の鍵盤楽器）がおかれた、客間風の部屋へ案内された。モードが立ちあがってわたしを迎えた。

「とうとうお目にかかれてうれしゅうございますわ、ロバート卿」と、彼女は微笑すら浮かべずに小声であいさつをした。

わたしは彼女の手をとった。「お久しぶりです、サルドニクス夫人」

「とてもお元気そうに見えますわ」

「健康は申し分ないのですが、少しばかり旅の疲れが出たようです」

彼女はわたしに椅子をすすめ、自分もふたたび腰をおろして、食事と少量のワインがすぐに元気を回復させてくれるでしょうといい、「主人もすぐにごあいさつに参ります」とつけ加えた。

わたしは、最後にロンドンで会ったときから彼女が少しも変わっていないと伝えた。これは決してお世辞ではなかった。容貌に関していえば、額には皺ひとつ認められず、肌は生き生きとした艶をおび、美しい栗色の髪も昔と少しも変わらない健康そうな輝きを放っていたからである。しかし、あえて口に出さなかったが、彼女の気質の面ではある変化が認められた。かつてはあれほど屈託がなく快活で、夜会の華のような存在であった彼女が、今はどことなく他人行儀で重々しい態度が目につくし、朗らかな微笑はまったくといっていいほど見られない。わたしはそれを知って心を痛めた。だが苦労ひとつない娘時代が終わってからもう七年にもなるのだし、その上最愛の両親を相ついで失い、さらに現在のような隠遁に近い生活を送っていれば、自然人柄が変わってしまうというのもうなずけないことではなかった。

「さよう、ご主人にもぜひお目にかかりたいものです」と、わたしはいった。

「主人もそのように申しておりました」モードは答えた。「もう間もなくおりて来ると思いますけど、それまでにあなたがどんな風にお暮らしになっていたかうかがいたいものですわ」

わたしは自分の選んだ医学という分野における数々の成功を控え目に語り、女王陛下よりナイトの爵位を賜わったことを述べた。それからロンドンにある自分の住居や実験室や診療所のこと、二人に共通の友人のことなどを話して聞かせたほか、ロンドンに関するさまざまなニュース、とりわけモードが愛好していた芝居のニュースに触れて、マクベスに扮したマクリーディ氏のヘイマーケット座における引退興行の模様などをくわしく説明してやった。モードがロンドンを去る直前のころ、コヴェント・ガーデン劇場をオペラハウスにする計画が噂にのぼったことがあったが、それがすでに実現していることや、ヴェルディ氏の最新作が女王陛下御臨席のもとに上演された夜のことなども、彼女にとっては耳新しいニュースに違いなかった。わたしがそれらの劇場や上演作品の名前を口にするたびに、彼女は一瞬目を輝かせるだけで黙って聞いていたが、オペラのことが話題にのぼるに及んで、ついにこらえきれなくなったかのように言葉をはさんだ。

「ああ、今わたくしがどれほどオペラを観たがっているかお察しいただけるでしょうか。初日の興奮、華やかに装いをこらした紳士淑女の群れ、わくわくするような序曲の演奏、そして幕開き——」そこまでいってから彼女は一瞬生《なま》の感情をさらけ出した自分を恥じるかのように、急に口をつぐんだ。やがて元の落ちついた口調にかえって、「でも最近のものは全部楽符をとり寄せて、自分で伴奏しながら歌ってみることで結構楽しんでおりますわ。さっそくそのヴェルディの新作もローマへ注文することにします。たしか『エルナニ』とおっしゃいましたね？」

　わたしはうなずいてつけ加えた。「お許しいただけるならば、その中の比較的わかりやすいアリアを二、三弾いてみてもいいのですが」

「ぜひお願いしますわ！」

「たぶんきわめて現代的でわかりにくいとお思いになるかもしれません」わたしはスピネットの前に坐って、このオペラのいくつかの曲を続けざまに弾いてみせた。わたしの演奏はまずまずの出来といったところで、記憶がはっきりしないところは適当な即興で補っておいた。

　彼女は演奏が終わると拍手をした。わたしはすかさずあなたもひとつやってみてはとすすめた。モードはスピネットの演奏にかけてはすばらしい腕前の持ち主だし、そのうえ妙なる美声にも恵まれていることを知っていたからである。彼女はうなずいてまず『ドン・ジョヴァンニ』からのメヌエットを一曲弾き、つづいて『フィガロの結婚』から《教えてくださいこの悩みを《ヴォイ・ロ・サペーテ》》を歌った。彼女のそばに立って、鍵盤の上を軽やかに動きまわる美しい両手を眺め、清らかに澄んだ声に耳を傾けるうちに、かつてわたしの心に宿ったあらゆる感情が激流のようによみがえり、わたしの二つの目は、この婦人の混じりけのない美しさと優しさに思わず知らず心の疼きをおぼえるのだった。それから、彼女に誘われるままに、自分の声が人並み以下であることを承知のうえで、あえて《さあ手をとり合おう《ラ・チ・ダ・レム・ラ・マーノ》》の二重唱に応じた。途中二度目の〝マーノ〟すなわち〝手〟という言葉に行き当たったとき、わたしは突然気まぐれな衝動に駆られて彼女の左の手を握ってしまった。もちろんそのために演奏は台無しになり、曲は数小節の間聞くに耐えないものになってしまった。やがてわたしは頬が火のように熱くなるのを意識しながらその手を放し、どうにか二重唱を歌いおえた。賢明なモードはわたしのその行為を非難もしなければ、それ以上つけ入る隙も与えなかった。そのように不作法な行為は全然なかったかのようにさりげない態度をもり通してくれたのである。

わたしは内心の当惑を隠すために、お互いの間の緊張をやわらげるようなとりとめのない話をしはじめた。話の内容は大方他愛のないばかげたことばかりで、例えば手紙の中で最初彼女が嫉妬心と誤解したと述べている態度を、その後もサルドニクス氏は示したかといった質問まで含まれていた。この質問を聞くと急に笑いだして――そして、そのために部屋の中の空気が明るくなった。なぜなら彼女が物思わしげな表情を捨てたのはそれが初めてだったからである。考えてみれば、途中で出迎えの馬車に乗り込んでからというもの、人間の笑顔にはまだ一度もお目にかかっていなかった――彼女は答えた。

「いいえ。それどころか主人は、昔のわたくしたちの間が親しければ親しいほど、そのほうがかえって喜ばしいのだと申しております」

この言葉を、一人の男が自分の妻に向かっていったとすれば、どことなく腑に落ちないところがある。そこでわたしはことさら陽気な口調でつけ足した。「サルドニクス氏はそのことを笑いながら話したのだといいのですがね」

すると、モードの表情からたちまち笑いが消えた。そしてわたしの顔から目をそむけて、いきなりなんの関係もないほかのことを話しはじめたのである。わたしはモードの思いがけない反応に啞然とした。何気なく口にした言葉が彼女の心を傷つけたのだろうか？そんなことはあり得ないはずだ。しかしながら、それから間もなくわたしはモードの奇妙な反応の理由を知った。一人の長身の男が足音も立てずにこの部屋に入って来たからである。男の姿を一瞥しただけで、一瞬のうちに多くのことが理解された。

3　永遠に笑う男

「ロバート・カーグレイヴ卿ですな？」と、男は話しかけてきた。とはいうものの、実際にはわたしの名前が明瞭に発音されたわけではない、というのは、彼はある種の音――例えばロバートのbとか、カーグレイヴのvなど――をほとんど満足に発音することができなかったからである。これらの音を発するためには、上下の唇の助けをかりなければならない。ところが、わたしの日の前に現われた男は、何かの恐ろしい病気のために、唇が常に開いた状態になっていて、その間にむき出しにされた白い歯のために、顔全体が絶えず笑っているように見えるのだ。この不気味な笑顔と同じものをわたしは前にも一度見たことがある、死の直前に、牙関緊急（破傷風であらわれる強直症状）に見舞われた人間の顔がそれだった。われわれ医者はこの不気味な笑いをラテン語名で呼んでいる。それが心に浮かんだ瞬間に、またひとつ新たな不思議が加わった。なぜならわれわれはこの牙関緊急から生じる笑いを指して、リスス・サルドニクス（痙笑。ラテン語で冷笑の意味）と称していたからである。そのうえ燐光の輝きにも似た蒼白な顔色が彼の顔をいっそう人間ばなれしたものに見せていた。

「そうです」わたしは相手の顔を一目見た瞬間の驚きを隠しながらいった。「そしてあなたがサルドニクス氏ですね？」

　われわれは握手を交わした。お互いに型通りのあいさつを述べ終わったところで、彼はいった。「一時間後に大食堂で晩餐を始められるよう準備を申しつけておきました。その間に召使いがお部屋にご案内します。まずは旅の疲れをお休めください」

「お心づくしを感謝いたします」

　やがて召使いが現われ――この男も執事や馭者と同様に、見るからに重々しい態度をしていた――先に立って長い石の階段をのぼって行った。わたしはその後ろに従いながら、この城に住む笑いを忘れたような人々の顔をもう一度思い浮かべてみた。考えてみればそれも不思議ではない。いったい、永遠に笑い続けなければならない宿命を負わされた人間と同じひとつの屋根の下に住んでいながら、ことさら笑いたいと思う者などいるだろうか。もっとも自然に湧き出た笑いですら、あの苦悩の痕跡を刻んだ笑いの前に出ればわざとらしい冷笑にしか見えないだろう。わたしの心の中には、モードの夫に対する同情が湧きおこった。神の創りたもうたあらゆる生物の中で、人間だけが笑う能力を授けられている。しかしサルドニクス城の主にとっては、神の偉大なる祝福こそがじつはもっとも恐ろしい呪いに変じてしまったのだ。しかし医者という職業柄、わたしの同情心は医学的な好奇心によってある程度押しとどめられていた。彼の笑いは牙関緊急による笑い《リスス》の表情に酷似している、しかしこの症状の後には間違いなく死が訪れるというのが医学上の常識であるにもかかわらず、サルドニクス氏はふつうの健康人となんら異なるところがない。わたしはロンドンでモードの手紙を読んだとき、彼に対して無慈悲な判断を下した自分を恥じた。これほどいたましい不幸を背負った人間は、たいていの事では許されてもいいはずだからである。サルドニクス氏の胸をどれほど辛い苦悩が疼かせ、どれほど深い絶望が心を蝕んでいることか！

わたしに与えられた部屋は広々としていて、疑いもなくこの暗い石の建物の中ではもっとも居心地のよさそうな場所だった。ほこりまみれの疲れ切った体には一番ありがたいもてなしである、熱いお湯を満たした風呂も用意されていた。そのなかに身を浸して横たわっているうちに、快い空腹感が胃袋を刺戟しはじめた、わたしは晩餐を待ち望んでいた。風呂を出てさっぱりした下着と夜会服に着替え、それからサルドニクス夫妻へのささやかな贈物——モードには香水びん、サルドニクス氏には一箱の葉巻——の包みを旅行鞄からとり出して部屋を出た。

案内なしで大食堂にたどりつけると考えるほど無謀ではなかったが、時間がまだ早いので、城の中を少しぶらついてみて、古い壮大な建造物のすばらしさを心にとどめることにした。

城の主の頭文字《S》の入った綴織り《タペストリー》がいたるところで目についた。それらはみなきわめて新しく、色も鮮やかで、ほかのいくぶん色あせた古い綴織りのすばらしさとは趣きが異なった。この事実から——それにサルドニクス氏が貴族の称号を持っていないことからも——わたしは城が代々サルドニクス家によって受け継がれてきたものではなく、おそらく貧乏貴族の城をサルドニクス氏が買い取ったものだろうと判断した。サルドニクス氏は貴族でこそないが、莫大な富の持ち主であることは間違いなかった。その富はいったいどうやって手に入れたものなのだろうか、というわたしの考えは、モードの声によって中断された。

わたしは声のするほうを見あげた。一般に城のような建造物の内部では、しばしば奇妙な音響効果が生じることがある。わたしは英国にあるいくつかの城でそのことを身をもって経験したことがあった。今もちょうど同じ現象が起きたらしく、わたしの立っている近くには部屋もなければ扉もないのに、モードの悲しそうな声がどこからともなく聞こえてくるのだ。わたしは一種の中庭のようなところを見おろす開けはなされた窓のまえに立っていた。この庭の真向かいにも、同じような窓が一カ所開いている。おそらくそれはモードの居室の窓なのだろう。彼女の話し声は、たまたま庭の形と二つの窓の位置が都合よく組み合わさって作用するためか、実際以上に大きな声になってわたしの耳に達するのだ。注意して耳を傾ければ、話の内容をおおよそ聞きとることができた。

彼女はいっていた。「いやです。そんなみっともないことはできませんわ」すると、それにたいして夫の声が答えた。「文句をいうのはやめてもらおうか。この城では、みっともないかそうでないかを判断するのは、わたしだ。おまえは口出しをしないでもいい」わたしは明らかに不愉快な問題に関係のありそうな夫婦間の内輪話を聞いてしまったことに少なからず当惑をおぼえたので、窓ぎわから身を退いてそれ以上話を聞かないようにしようとした、が、ちょうどそのとき、モードの口からわたし自身の名前が洩れたので、そのまま引きとめられてしまった。「わたしはロバート卿に対して十分な好意を示しましたわ」と、彼女はいったのだ。「いや、単なる好意以上のものを示してもらわなくてはならない」と、サルドニクス氏は答えた。「暖かい気持を示して、かつて彼の胸の中で燃えたおまえに対する愛情を、もう一度かき立ててくれなくては困るのだ……」

わたしにはそれ以上立ち聞きを続ける勇気がなかった。なんという下劣な会話だろうか。わたしは窓ぎわから身を退いた。自分の妻をほかの男の腕にゆだねようとするサルドニクスという男は、いったいどういう人間なのだろうか？　人間をあらゆる種類の病患から救うことに身を捧げる医者として、わたしはその肉体のみならず精神に関しても多くのことを学んできた。未来においては、医師が精神療法によって肉体の病いをも治すことも可能になるだろうと信じて疑わない、なぜなら、人間存在のあらゆる秘密は、精神という未《テラ》知の領域《インコグニタ》にこそひそんでいるからだ。愛はいくつもの異なる顔《マスク》を持っている、ということはわたしも知っている。服従という形をとる愛もあれば逆に相手を抑圧し、支配する愛もある。あるいはまた自然の法則に対して完全に背を向けた、聖パウロの言葉をかりるならば「神の言葉をも虚偽に変じてしまう」ような愛すらもある。さらにまた、それが果して愛という名に値するかどうかは疑問だが、愛する者が他人の腕に抱かれるのを見ることに最大の喜びを感じるような愛さえも現実に存在するのだ。とにかく、いつかはひとつの資料として体系的に収集され、治療医たちによって研究される時がくるにしても、さし当たっては、その嫌悪すべき異常性の影響を受けて病的な考えに染まってしまった人間でもないかぎり、まともには考えられないようなおぞましい意見というものが数少なくないのである。

わたしは暗い気持に浸りながら召使いを探し、食堂へ案内してくれるように頼んだ。食堂はかなり遠いところにあって、わたしが顔を出すとサルドニクス夫妻はすでに席について待ち受けていた。彼はすばやく立ち上がり、例の意のままにならない笑いを浮かべながらわたしに椅子をすすめた。夫人もすかさず腰をあげて、わたしを「親愛なるロバート卿」と呼びながら、手をとって席に導いてくれた。手と手が触れ合うことは、以前なら喜ばしいことに違いなかったが、今ははっきりいって迷惑だった。

食事の間じゅう席上にはいたずらに空虚な陽気さだけが漂った。モードの笑い声は心底から嬉しくて笑っているそれではなかったし、一方サルドニクスはワインを飲みすぎたため、ふだんでもはっきりしない話し方がなおいっそう不明瞭になっていた。わたしはできるだけさしさわりのない話題だけを選び、一度モードには話したロンドンの演劇界の噂話をもう一度繰りかえし、マクリーディ氏の『マクベス』における演技についてあれこれ説明した。

「一部の役者たちは」とサルドニクスが意見を述べた。「このスコットランドの領主を根っからの悪人と解釈して、良心のかけらさえ持ち合わせない人間のように演じていますが、こういった演技は、いかなる人間も完全な悪人ではあり得ないと考える人々から往々にして批判の矢を向けられるようです。あなたはそういった人々の考え方に賛成ですかな、ロバート卿？」

「いや」わたしは静かに答え、相手の顔を真っ向から見すえながら言葉をつけ加えた。「わたしは良心のかけらさえ持ち合わせない人間、つまり人間の姿をした悪魔というものが現実にこの世にはあると信じます」そして、友人を苦しめることに屍食鬼のように残忍な喜びを見出すイヤーゴーの性格をすかさず引き合いに出した。

食卓を飾る料理はすばらしいものに違いなかったし、ワインも珍重すべき銘柄ものだったが、じつをいえばわたしはほとんど喉を通す気になれなかった。食事の終わるころにモードはしばらく席を立ち、サルドニクスがわたしを図書室に案内してそこにブランディを運ぶよう命じた。彼はわたしが贈った葉巻の小箱を開いて讃嘆と感謝の言葉を述べ、わたしにもそれを差し出した。わたしはすすめられるままに一本とって火をつけた。葉巻を吸うときのサルドニクスの顔はいよいよグロテスクな感じを増した。両唇にくわえることができないために、常にむき出しになった歯の間にくわえるのだが、それがなんとも異様な眺めになってしまうのである。やがてブランディが運ばれた。わたしは、ふだん強い酒に親しむ習慣がなかったにもかかわらず、このときは少しも遠慮をしなかった。そうでもしないかぎり、沈んだ気分を引き立たせる方法はないように思われたからだった。

「あなたはさきほど〝屍食鬼のように残忍な《グーリッシュ》〟という

言葉を口にされましたな、ロバート卿」サルドニクスはいった。「人はこの言葉をよく会話の中で使います——果してそれが何を意味するかということをよく考えもせずに。しかし、わたしにいわせれば、これは軽々しく用いてはならない言葉なのです。この言葉を口にするとき、人はその心の中に、屍食鬼《グール》のイメージをまざまざと思い浮かべていなければならないのです」

「たぶんあのときのわたしが、まさにそうだったのでしょう」と、わたしは答えた。

「なるほど。しかし、あるいはそうでなかったかもしれません。ま、いずれにせよ屍食鬼という言葉の正確な定義をまず調べてみようではありませんか」彼は立ちあがって部屋の四囲の壁にとりつけられた本棚に歩み寄り、大きな二巻本の辞書に手をのばした。「さてと、第一巻はAからMまでか、問題の語はこれに出ているわけですな。『ghee（インド料理で用いられる脂）』……『gherkin（小さなキュウリ）』……『ghetto（ユダヤ人居住区）』……『ghoom』（これはまた妙な言葉ですな、ロバート卿、〝暗闇の中で獲物を求める〟という意味だそうですよ）……『ghost（幽霊）』……ああ、ありました、ghoul』、〝東方諸国に語りつがれる想像上の悪魔、墓をあばいて屍体を食す〟か、なるほど、するとグールはグームするといっていいわけですな」

サルドニクスはさもおかしそうに笑いながら椅子に戻って新たにブランディを注いだ。「すると、さきほどあなたがイヤーゴーの性格を《屍食鬼のように残忍な》という言葉で表現したとき、彼は東方の国の生まれだと考えておられたわけですか？　あるいはまた、オセローやデズデモーナの実在性に対して、彼は空想上の存在というわけですか？　そして彼イヤーゴーには、墓をあばいて中にある不潔な屍体をむさぼりくらうおぞましい習癖があったと、あなたは本気で考えておられたのですかな？」

「いや、わたしはただ比喩的な意味でその言葉を用いただけですよ」

「なるほど、あなた方英国人は屍食鬼の実在を信じないからそういう答えが出てくるのです。もしかりにあなたがわたしと同じ中部ヨーロッパの出身だったら、文句なしに屍食鬼の実在を信じるでしょうし、従ってその言葉を単なる比喩的表現として用いる気にはなれないはずなのです。わたしの国では――生まれはポーランドですが――だれもがそのことを理解しておりますす。現にわたし自身は、屍食鬼の実在をこの目で確かめた経験があるのです」彼はしばし口をつぐんでわたしの顔をまじまじと凝視し、やがてふたたび言葉をつづけた。「あなた方英国人は無神経というかなんというか、どんなことに出くわしても驚かない。現にわたしが今恐ろしい意味のこめられた話をしているというのに、あなたは眉ひとつ動かさず平然として聞き流しておられる。それは、あなたがわたしの話を信用しないからなのですか？」

「お招きを受けながら主の言葉を疑うのは礼を失することになるでしょう」

「一口に英国人といってもさまざまな要素がふくまれるが、中でも強調すべき点は、あなた方がきわめて礼儀正しい国民だということでしょう。違いますかな、ロバート卿？　さあ、まずあなたのグラスをいっぱいにして、それから、屍食鬼の話をゆっくり聞いてください――今からわたしがお話ししようとすることは、さきほどの辞書に説明されているようなばかげた空想の産物でもなければ、東方諸国にだけ限られる問題でもないのです。屍食鬼は墓の中にある不潔な屍を好むとはいえ、人間以外の腐肉に対してはまったく食欲を感じない。これはわたしの国で実際にあった話ですが、もしわたしがすぐれた語り手ならば、あなたに屍食鬼の実在を信じさせる好適の例と申せましょう。この物語を聞いて楽しんでいただくと同時に、あなたの知識に新たな何ものかをつけ加えていただければ幸いです。例えば、人間がどこまで罪深く堕落しうるかとか、どれほど人間ばなれのした怪物になりうるか、といったような、人間性の底にひそむ悪の極限を見きわめていただけるならば、わたしの物語もまったく無意味ではないと思うのです」

4　月は目撃者

「物語の舞台は」とサルドニクスは語りはじめた。「わたしの生国のある田舎、時は今から数年前にさかのぼります。まず登場する田舎の一家族の性格を知っていただかなくてはなりません。彼らは勤勉で、遵法精神に富み、神をおそれつつ中流の生活をしている人々で、一家の長はタデウシュ・ボレスワフスキという名の単純で善良な好人物でした。もの静かな性格で、他人には親切だったし、献身的な妻と五人の屈強な息子たちを心から愛しておりました。彼はまた信仰心も篤く、めったなことでは神の名を口にしないほど謙虚な人柄でもあったのです。近所の男たちは、村にもっとも近い大都市ワルシャワの都へ出かけてゆくと、いかがわしい建物の中で商売に精を出す、装いをこらした女どもの誘いに乗せられてつい欲望に身をゆだねてしまうのですが、彼にかぎって絶対にそのようなことはありません。また酒もあまり多くはたしなまず、夕食にビールを一杯とか、特別な場合にのみぶどう酒で一、二杯乾杯をする程度でした。強い酒、荒々しい言葉、それに尻軽女――この三つのものに、タデウシュ・ボレスワフスキは少しも誘惑を感じなかった。ただ彼の弱点は、もうひとつの悪徳、すなわち賭博癖にあったのです。

彼は畑で穫れたものを市場で売り、その金で生活に必要な品々を買って帰るために、月に一度ずつワルシャワの町へ出かけて行きます。一緒に行った仲間たちが居酒屋や淫売宿に足を踏み入れている間、彼は脇目もふらずに商売に精を出すのはいいが――その彼に、たったひとつだけ、取るに足らないことだといえばいえるような欠点があったのです。彼は、いつも富籤《とみくじ》を一枚買い求め、それを晴着の小さなポケットにしまい込んだまま――日曜日と町へ出かけて行く日にかぎって、いつも晴着に着飾るのが習慣になっていた――翌月になってまた町へ出かけ、それをポケットから取り出して、張りだされた当たり番号とつくづく見くらべるときまで、すっかり忘れてしまっているという癖があったのです。やがて、今度もまた籤に当たらなかったことがわかると（タデウシュはいまだかつてただの一度も当たったことがなかった）、空籤をきちんと折りたたみ、粉々にちぎって捨て、また新しく一枚だけ買い求めるのです。これは今や彼にとっては一種のきまり事になってしまっていて、二十三年間というもの毎月欠かさずに繰りかえし実行してきたのでした。一度も当たったことがないという事実も、このささやかな楽しみを思い止まらせるにはいたりません。妻は夫のこの習癖をちゃんと知ってはいましたが、善良この上ない夫のただひとつのとるに足らない欠点について、あれこれ差し出がましい口をきくつもりはもとよりなかったのです」

戸外では、風が陰気な唸り音をたてていた。わたしは、すすめられるままにブランディのグラスを傾けながら、なおもサルドニクス氏の物語に聞き入った。
「そうして何年かが過ぎました。五人の息子たちのうちの三人まではすでに結婚し、下の二人（ヘンリクと末子のマレク）だけが両親と一緒に暮らしていたある日、タデウシュが――もともときわめて頑健な男だったのだが――畑に出て働いている最中に、突然倒れて息を引きとってしまったのです。残された家族の悲しみがいかばかりであったかを、くどくど説明することはやめましょう。結婚した息子たちがそれぞれ妻君を伴って駆けつけ、葬儀は村の小さな墓地でとりおこなわれました。タデウシュが遺した財産はほんのわずかなものでしたが、ともかくも遺言状の指示に従って、生き残った者たちに分配されました。長男が一番多くのものを手に入れたことはもちろんいうまでもありません。しかし、それがこの土地の習慣だとはいえ、四人の弟たちが内心いささかも不満を感じなかったといえば嘘になるでしょう。ただ、彼らはそれぞれに自分の不満をおしとどめ、そのために兄弟間で争うような愚かな真似はしなかった――とりわけ、兄弟中でもっとも愛すべき性格の持ち主で、生来おとなしく、読書から学びとったものによって自分の運命を切りひらいてゆくことに望みを托していた末弟のマレクがそうでした。

ところで、夫の埋葬後三週間たって、ワルシャワの町から帰って来た村の男たちが、タデウシュが買った富籤が当たっていたという報らせをもたらしたときの未亡人の驚きようをご想像ください。なんという皮肉でしょう、しかし、もともと大して豊かでもなかった家ですから、夫に死なれた後、生活は時がたつにつれてますます苦しくなる一方なので、彼女にはとうていこの大いなる皮肉について深く考えてみる心の余裕などなかったのです。すぐに亡夫の持ち物の中から、当たり籤を探し出しにかかりました。ひきだしの中味はすっかり床に拡げられ、手箱や戸棚の中もくまなくかきまわされました。もしや家族用の聖書の間にはさんであるのではないかと、さかさにして振ってさえみる始末です。数年前、タデウシュが寝室の床板をはがしていっとき金を隠す癖のあったことを思い出して、そこも隅から隅まで調べてみたが無駄でした。息子たちが一人残らず呼ばれました、彼らが形見にもらった品物の中に当たり籤がまぎれこんではいないか、というわけです。たとえば嗅煙草入れとか、形見の着物の中に……。

その話を聞いたとき、長男があっと叫んで腰を浮かせました。『着物といえば、おやじは町へ行って富籤を買うとき、いつも一張羅の晴着を着てたっけ――あの晴着を着て埋められたはずだ！』

『そうだ、そうだ！』と、マレクを除いた弟たちがすかさず声を揃えてうなずき、彼らはさっそく死人の墓を掘り起こす計画をたてはじめたのです。だが未亡人はきっぱりといいはなちました。『父さんは安らかに眠っているんだよ。今さらその眠りをさますようなことをしちゃいけないわ。お墓を掘り起こしたりして、もし父さんの霊が迷い出すようなことにでもなったら、それでどんな大金が手に入ってもわたしたちの心は安まらないでしょうよ』これに対して息子たちは頑強に抗議したのですが、母親も負けてはいません。『お父さんの墓をあばくなどといい張るんなら、もうおまえたちはわたしの息子じゃない――どうしてもやりたければ、まずこのわたしを殺してからおやり！』そうまでいわれては、さすがに彼らも引きさがらざるを得ません。しかし、その晩夜中にふと目をさましたマレクは、母親が家から出て行くのを見てしまったのです。この思いもかけない行動に、彼はすっかり驚いてしまいました。そして、直感の命ずるままに墓地へ行ってみると、そこでは亡き夫の墓を貪欲な墓盗人たちの手から護るために、母親がたった一人で寝ずの番をしていたのです。マレクは風邪を引いてはいけないからと、泣く泣く家へ帰るよう説得しました。母親も、最初は頑として聞き容れなかったのですが、やがて、それでは自分が代わって見張りを引き受けるからというマレクの言葉に、ようやく重い腰をあげて家へ帰ることに同意しました。

　マレクは母親が帰った後たっぷり一時間待ってから、シャツの中に隠し持っていた小さなシャベルを取り出しました。もともと体力すぐれた若者だったところへ、ろくに遺産も分けてもらえなかった末っ子の欲が、その両腕にさらなる力を与えたのでしょう。ほとんど休む間もなく、とうとう棺が目の前に現われるまで、一心不乱に掘り続けました。やがて、蓋が軋み音をたてながら開くと同時に、なんとも名状しがたい腐臭が鋭く彼の鼻孔を襲って、ほとんど窒息しそうになりました。だが彼は勇気を奮いおこして、朽ちはじめていた胴衣のポケットを探ってみたのです。

　このとき、月がこの破廉恥な行為の目撃者となったのです、ロバート卿。なぜならば、一瞬前まで雲に覆われていた月の光が、突然父親の死顔を照らし出したからでした。その顔を一目見たとたんに、少年は思わず尻ごみして、よろめきながら墓の囲い棚にもたれかかり、全身の力が抜けてしまうのを感じました。とはいっても、単に父親の死顔を見ただけなら――もちろんかなり腐敗が進んでいたことも事実ですが――なにもそれほどまでたじたじとなることはなかったのです。ただ、現実には少年のまったく予期しなかったことが――」

　そこまでいいかけてサルドニクスは言葉を切り、わたしの目の前にずいと身を乗り出して、その蒼ざめた、能面のように不気味な笑い顔で視界をふさいだ。「思いもかけないことに、死の苦痛に歪んだ父親の顔が、恐ろしい形相で彼を正面からにらみつけたのです」サルドニクスの声は、そのころから叢《くさむら》をはう蛇のようなシュル、シュルという音に変わった。「しかもですよ、ロバート卿、恐ろしいことに死人の唇がぽっかり開いて歯がむき出しになり、まるで見る者の魂を圧しつぶすような笑いを浮かべているかのごとく見えたのでした」

5 恐ろしい夜の記憶

それは物語の異様さによるものか、あるいはわたしをのぞきこむように近寄せられた見るも奇怪なサルドニクスの顔のせいなのか、わたしにはいずれとも断定しがたい。あるいはまた、ますます吹きつのる戸外の陰鬱な風の音か、はたまたすすめられるままに飲み続けたブランディの酔いのせいかもしれぬ。さらにまた、それらの要素がすべて混ざり合った結果生じた幻想だったかもしれない。いずれにしても、サルドニクスがこの最後の言葉を口にしたとき、わたしは、氷のように冷たい手で心臓をギュッと摑まれたような気がし、一瞬――それは時の経過という織物からむしり取られた長い一瞬だった――論理や疑いを超越したところで、今目の前にある顔が、実は不可解な超自然の力によって墓の中からよみがえり、冥界にありながら同時にこの世にも存在しつつ、生者たちの間をさまよう物語の父親の顔そのものであるかのような錯覚に捉われていた。

やがてその恐怖の一瞬も過ぎ去り、理性が混迷にうちかった。一方自分自身の語ったことにかなり引きずりこまれたらしいサルドニクスは、目に見えぬものにおびえるように身震いをしながら、深々と椅子に身を沈めていた。やがて、ほどなくして彼はふたたび話しはじめた。

「すでに長い年月が過ぎ去ったとはいえ、その夜の恐ろしい記憶は、いまだにわたしの心を捉えて放さないのです。あなたはすでに気づいておられるかもしれないが、このことを打ち明ければわたしの現在の心境もおわかりいただけるでしょう――さよう、その屍食鬼のような末っ子のマレクというのが、ほかでもないこのわたし自身なのです」

いや、わたしはそのような物語の結末は想像もしていなかった。しかし、むしろ彼が死んだ父親自身ではないかと、一瞬妄想を抱いたことに関しても、それを打ち明けるつもりは毛頭なかったので、結局わたしは沈黙をまもるよりほかになかった。

「やがて正常な感覚がよみがえるや否や」サルドニクスはふたたび言葉をついだ。「わたしは這うようにして墓穴から逃げ出し、両の足が耐えうるかぎりの速さで走りだしました。そして、ようやく墓地の入口の門まで辿りついたとき、みずから見張りを買って出たその裏の目的が、まだ果されていないという事実にはたと気がついた——当たり籤は依然として父親の胴衣の隠しに残されたままだったのです！」

「しかし、当然——」わたしは言葉をはさみかけた。

「当然わたしはその事実を無視して走り続けたに違いない、とおっしゃりたいのでしょうな？　ところが、それが違うのですよ、ロバート卿。耐えがたいほどの恐ろしさにもかかわらず、結局わたしは立ちどまり、今逃げてきた道をふたたび戻って行ったのです。そして、もう一度腐臭のただよう墓穴の中に降りて行ったのでした。そして、吐気をもよおすような嫌悪感にとりつかれながらも、すでに腐敗のはじまっていた父親の胴衣のポケットを探って当たり籤を盗み出したのです！　今度は父の死顔から目をそむけたままだったことは、あえてつけ加えるまでもないでしょう。

しかしながら、依然として恐怖心は消え去りません。むしろそれは始まったばかりでした。わたしがその夜おそく家へ帰ると、家族のものはみな眠っておりました。着ているものはすっかり泥にまみれていたうえに、恐ろしい経験のためまだ体の震えがとまらない状態でしたから、人目につかずに済んだことがじつにありがたかった。わたしはこっそり洗面器に水を汲んで、顔や手についた墓土を洗い落とそうとしました。そうして体を洗い清めながら、ふと鏡を見あげてみると——わたしは思わず家中の者の眠りをさますほど大きな声で叫んでしまったのです！

鏡にうつったわたしの顔は、父の死顔をそっくり引きうつした、今のこの顔に変わっていたのでした。唇が開きっぱなしになったままで、まるでうすら笑いを浮かべているように見え、いくら閉じようとしてもそれができないのです。顔の筋肉は、死後硬直にでも襲われたかのように、ピクリとも動かないのです。一方わたしの叫び声を聞いて目をさました家族が、寝床から起きてくる気配がします、わたしは彼らにこの変わりはてた顔を見られたくなかったので、前後もわきまえずに家をとび出しました。それ以来、わたしは二度とふたたび故郷へ戻らなかったのです、ロバート卿。

田舎の夜道をあてもなくさまよいながら、わたしは突然自分を襲った不幸の原因を考えてみました。田舎育ちの若者とはいえ、これでも本はたくさん読んでいたし、超自然的な現象の安易な説明を鵜のみにするほど理性を欠いてはいなかったといってもいいと思います。だから、わたしの破廉恥な行為を罰するために、神が呪いをくだしたなどとは考えません。また墓場のかげにひそむ暗黒の力が及んでこの変容が起こったとも思いません。結局、わたしの顔を見るかげもなく変貌させたのは、はなはだしい精神的衝撃なのだ、そしてそれを父の死顔にそっくり似せたのは犯した罪の重さなのだ、としか考えられないのです。精神的な衝撃と罪の意識、天上の神や地にひそむ悪霊の強い力ではなく、わたし自身の心、頭脳、魂の内から生じた力がそうさせたに違いないのです。

さて、物語の結末を急ぎましょう、ロバート卿。あなたに知っていただかなければならない点は、そのような顔になってしまったにもかかわらず、わたしは当たり籤の賞金を手に入れたということなのです。あなたにとっては驚くほどの金額ではないかもしれませんが、わたしにしてみれば生まれてこのかた拝んだこともない大金でした。わたしはそのて、この柄を巧みにあやつって、抜け目なく投機で殖やし、ついには中部ヨーロッパ随一の大富豪にまでのしあがったのです。金ができてからは、いうまでもなく名のある医者を捜し出して、顔を元通りになおしてくれるよう頼みもしました。しかし、いくら謝礼を山と積んでも、誰一人としてそれに成功したものはおりません。わたしの顔は永遠に笑い続けることを運命づけられたままとり残され、心は底知れぬ絶望に閉ざされているのです。わたしは自分の名前すら発音することができない——恐るべき皮肉とはまさにこのことでしょう、わたしが親から与えられた名前と姓の最初の文字MとBは、凍りついた唇では発音不可能な音から成り立っているのです。これは、わたしにとって致命的な打撃でした。そのころのわたしは、あえて申しあげるならば、まさに破滅の淵にのぞんでいたともいえましょう。しかし、なんとしてでも生きたいという気持が勝って、どうやら断崖の縁から引き返すことができたのです。わたしはまず名前を変えました。以前にリスス・サルドニクスのことを本で読んだことがありましたが、その恐るべき病名がわたしの荒んだ精神状態にぴったりのように思われたので、サルドニクスと名乗ることにしました——この名前ならば、不自由な唇でも苦労なしに発音することができたからです」

サルドニクスは話を中断してブランディを口にふくんだ。やがて、「ところで、わたしの身上話が、あなたとどう関係があるのかと不審に思っておられることでしょうな」

わたしには、彼のいわんとすることがただちに理解されたが、何事も気づいていないような風をよそおって答えた。「ええ、実はおっしゃる通りなのです」

「ロバート卿」彼はいった。「医学界におけるあなたの名声は、専門家なら誰知らぬもののないほど鳴り響いております。医学の門外漢なら、おそらくあなたの名前を知っている人はごくわずかでしょうが、同じ門外漢でも、わたしのように、筋肉の麻痺症状に関する新しい治療法のニュースを求めて、数々の医学雑誌をむさぼり読んでいる人間ならば、しじゅうお名前に接する機会があるのです。この分野におけるあなたの研究は、医学的にも大きな成果をあげているし、その功績によってあなたがナイトに叙せられたことも、わたしは知っています。一時は、ロンドンを訪れてあなたの診察を乞おうと考えたこともありました。だが、それ以前にも、かぞえきれないほどの医者、とりわけ名医の聞こえ高い人々——たとえば、ベルリンのケラー、パリのモリニャック、ミラノのブオナジェンテなど——の手で治療を受けはしたのですが、いずれの場合も効果はありません。わたしの絶望はきわまりました。その気持が、はるばる英国まで旅をすることを妨げたのです。しかるに——なんという偶然でしょう！——妻がかつてあなたと知り合いだったと聞いたときわたしは即座に決心しました。ロバート卿、どうかわたしのこの業病を治してはくださらぬか。わたしは呪いから解放されて、今一度人間らしい顔になりたい、他人に忌みきらわれ、恐れられ、嘲笑されるこの樋嘴《ガーゴイル》（ゴシック建築に飾られる石造の怪物）のような顔と一日も早く別れを告げて、人間らしく太陽の光の中を闊歩したいのです。まさかあなたは、わたしのこの哀れな願いを、むげに斥けるようなことはなさらないでしょうな？」

　サルドニクスに対するわたしの気持は、まるで振り子のように揺れ動き、ふたたび彼に対する同情心が勃然として湧き起こってきた。彼の身上話と、切々たる哀願に心を動かされて、これほどの不幸に苛まれている人間は、それだけでもすでに許されるべきだという、そもそもの初めに抱いた考えにふたたび立ち戻っていたのである。さきほど洩れ聞いたモードとサルドニクスの間の奇妙な会話も、今はすっかり念頭から去っていた。「さっそく診察をしてみましょう、サルドニクスさん。そのためにわたしを招ばれたのはまさに適切でした。とにかく、希望を捨ててはなりません」と、わたしは答えた。

　彼は、わたしの両手をしっかりと握りしめて叫んだ。

「ああ、あなたの上に、神の永遠の祝福がありますように！」

　わたしは、その場ですぐに最初の診察を試みた。患者に面と向かって打ち明けるようなことはもちろんさし控えはしたが、サルドニクスの顔の筋肉は、わたしがかつて一度も出会ったことがないほどひどい強直状態にあった。たとえてみるならば石の硬さともいえようか、それほどにまで彼の筋肉は柔軟さを欠いていたのである。にもかかわらず、わたしはいった。「では、明日からさっそく治療を開始しましょう。さしあたり、温浴とマッサージをやってみます」

「その方法はすでに試してみました」と、彼は気落ちしたようすで答えた。

「しかし、マッサージは、それをおこなう人間の技術によって効果に大きな差異があります。わたしはこれまで自分の技術を駆使して成功をおさめていますから、まずそれに信をおくことが第一です。安心してわたしを信じてください」

　彼は、わたしの手をふたたび握りしめた。「信じましょう。いや、信じなければならぬ。もしあなたが——ロバート・カーグレイヴ卿ですら失敗したら……」

彼は最後までいわずに、途中で口をつぐんだ。しかし、その目は、胸の底に秘めた複雑な感情を物語るごとく苦悩に満ち、憎しみをたたえ、氷のような冷たさと同時に焔《ほのお》のような熱気が奇妙によどんでいた。わたしは、その夜夢の中でふたたびこの目を見た。

6　底知れぬ屈辱

　その夜はブランディの酔いと、はげしい心の動揺のためにほとんど眠ることができず、熱にうかされたような状態になって夜中に何度も目をさました。やがて夜明けの光が枕もとにしのびこむころ、わたしは起き出ていくぶんさわやかな気分になれた。部屋で冷水を浴びたのち軽い朝食をとり、やがて音楽の調べの洩れ聞こえてくる階下の客間へと降りて行った。モードが早くも客間に姿を見せていて、スピネットで小曲を奏でていたのである。彼女は、わたしの姿をみとめて朝のあいさつを口にした。「おはようございます、ロバート卿。ゴットシャルク氏をご存じかしら？　アメリカ人のピアニストですけど、いま弾いているのは彼の作曲した《処女のはじらい《メイドンズ・ブラッシュ》》という曲ですわ。とてもかわいらしい曲だと思うのですけど、いかが？」

「まったく同感ですな」わたしは、ご婦人がたに対する礼儀にそむかぬようつとめる気分ではなかったにもかかわらず、義理固くそう答えた。

　モードは間もなくその曲を弾き終わって楽譜を閉じた。それから、わたしのほうに向きなおり、急に真面目な口調に改まって話しかけてきた。「あなたが気の毒なわたしの夫のために、これからなさろうとしていることをうかがいましたわ、ロバート卿。ほんとに、言葉ではいい表わせないほど感謝しております」

「礼など要りません。医術にたずさわる者として――また、あなたの昔からの友人として――それはわたしの当然の義務なのです。ただしかし、ご主人の病気が必ず治るとは期待しないでいただきたい。もちろん全力はつくしますが、それ以上のことは何も約束できないというのが本当のところなのです」

　だが、彼女の目は一瞬、哀願の輝きをおびた。「でも、そうおっしゃらずに彼を治してやってください、ロバート卿！　お願いいたします！」

「あなたのお気持はよくわかります」わたしは答えた。「献身的な妻の気持としては、夫の回復を熱心に祈るのが当然だし、それ以外には何も考えられないのももっともです」

「いいえ」彼女はいくぶんきつい語調に改まった。「あなたは誤解なさってますわ。わたしが心の底から夫の回復を願う気持は、純粋に利己心から発しているのですもの」

「それはどういうことですかな？」

「もしあなたの治療が成功しなかったとしたら、結局はわたしが苦しまなければならないからなのです」

「それはわかります、しかし――」

「いいえ、あなたには、やっぱりおわかりにならないのです。でも、全然わけを説明していないのですから、それも当然ですわ。かえって説明せずにおいたほうがいいようなことも、いくつかありますので、今のところはこれだけで我慢してください。夫は、あなたに最大限の努力を傾けさせるために、さきほどのあなたの言葉をかりれば、治療に『全力をつくして』いただくために、わたしに罰を加えるという脅迫であなたを意のままに支配しようと企んでいるのです」

「恐ろしいことだ」わたしは思わず叫んでいた。「そんなことが許されていいはずがない。だが、それにしても、彼はいったいどんな方法であなたに罰を与えようとしているのです？　まさか体罰を与えるような野蛮なことはしないでしょうね」

「殴るぐらいで満足してくれるならば、まだしも救われますわ」彼女はうめくように答えた。「でも主人は頭のよい人ですから、もっと残酷な方法を考えているにちがいありません。いいえ、彼はわたしに対して――それから、わたしを通じてあなたに対しても――もっともっと苛酷な罰を与える力を持っているのです。それは、あまりに卑劣で、あまりに邪悪な方法なので、わたしは考えるだけでもゾッとして身震いが出そうな気がしてしまいます。ですから、その事については、これ以上もうお訊ねくださいますな。もしどうしても口に出して説明しなければならないことになったら、わたしは底無しの屈辱の淵に沈んでしまわなければならないでしょう」

そこまでいうと、彼女は両の頬に涙をつたわらせながら、突然すすり泣きをしはじめた。

わたしは、彼女に対するひそかな感情をもはや抑えきれなくなり、われを忘れてそばに近寄り、彼女の両手を固く握りしめた。「モード、わたしがそう呼んでも怒りはしないでしょうね？　ロンドン時代はあなたのことをランドル嬢としか呼ばなかったし、今はサルドニクス夫人としか呼ぶことを許されない、しかし、心の底では——昔も今も変わらずに——ずっとモードとだけ呼んできたし、これからもわたしはそう呼び続けるでしょう！」

「ロバート」彼女は消え入るような声で答えた。「愛するロバート、わたしも初めてお目にかかったときからずっと、あなたに洗礼名で呼んでいただくことを心ひそかに望んでおりました」

「しかし、わたしたちのこの気持は、名誉を重んじるかぎり、決して報いられることがないのです。だが——わたしを信じて下さい、いとしいモード！——わたしは、誓ってあの暴君の手から、あなたを救い出してみせます！」

「わたしが頼れるのはあなただけですわ。わたしが今のまま正気でいられるか、あるいは口ではいい表わせないほどの恐怖に負けて発狂するかは、すべてあなたのお力しだいなのです。運命はあなたの両手にゆだねられているのですわ、ロバート——そのたのもしい、すべての病いを治すことのできる両手に」それから、急に声を低くして、「お願いです、どうぞわたしを見捨てないでくださいまし——」

「ともかくも落ち着きなさい」わたしは答えた。「また音楽を始めるのです。さあ、元気を出して、無理にでも元気を奮いおこすのです。わたしはこれからご主人の治療に行き、そしていまうかがった話を頭において彼と対決します」

「いけません!」彼女は叫んだ。「お願いですからそれだけは思いとどまって下さい、ロバート! そんなことをしたら、もしあなたの療法が失敗に終わったとき、彼にわたしを苦しめる恰好の口実を与えることになってしまいます!」

「なるほど、ではこのことを彼に問いただすのはやめましょう。しかし、わたしは、あなたがそれほどまでに恐れている刑罰がどんな性質のものかを知りたくてならないのです」

「いいえ、もうこれ以上は何もお訊ねになってはいけません、ロバート」彼女は、つと背を向けながら答えた。「どうぞ主人のところへおいでください。そして彼を治してくださいませ。そうすればわたしも身にふりかかる苦痛を恐れなくてすむのです」

わたしはもう一度彼女の片手をやさしく握って、客間を後にした。

サルドニクスは自室で待っていた。すでに大量の熱湯と山のようなタオルが召使いたちによって運び込まれていた。サルドニクスは上半身裸になり、たくましい筋肉をむき出しにしている、だが肌の色は、顔色と同じに燐光のように蒼白い輝きを帯びていた。それはわたしの見るところ、長年にわたって外光に触れることを避け続けてきた人間の肌色以外のなにものでもなかった。「ごらんのように、準備はすっかりととのっております」と話しかけながら、サルドニクスはわたしを迎えた。

わたしは寝台の上に横になることを命じ、さっそく治療にとりかかった。

これだけ長い時間をかけながら、これほど効果のあがらない例がかつてわたしの経験にあっただろうか。蒸しタオルとマッサージを交互に繰りかえしておよそ三時間と十五分が過ぎたにもかかわらず、強直した筋肉のしこりがとけるきざしはひとつとして見られず、依然として大理石のように硬いままだった。わたしは疲労の極に達していた。サルドニクスは召使いに命じて軽い食事を部屋に運び込ませ、わずかな休息をとった後、再開を促した。やがて大時計が六時を告げるころ、ついにわたしは疲労と緊張のため震えながらかたわらの椅子に坐り込んでしまった。サルドニクスの顔は依然として少しも変化を見せなかった。

「これ以上まだ何か方法はありますかな？」と、彼は訊ねた。

「あなたに嘘はいいたくない、これを治すことはとてもわたしの手に負えない、と申さなければなりますまい。とにかく、最善はつくしました」

それを聞くと、彼はすばやく寝台の上に起きあがって叫んだ。「しかし、これでやめられてはこまる。あなたは、最後に残されたたったひとつの希望なのだ！」

「新しい医学上の発見が日々おこなわれております。かくなる上は、あなたをこの世に創りたもうた神の摂理に信頼をおいて――」

「神だなどというくだらないたわ言はすぐにやめてくれたまえ！」彼は荒々しく反論した。「じっさい、あなたの幼稚な感傷癖には胸がムカつく！　さあ、もう一度治療を始めていただこうか」

わたしはその申し入れを拒否した。「わたしは、おのれの持てるすべての知識、すべての技術を総動員して、あなたの病気に立ち向かいました。それでも効果がないのに、もう一度同じ療法を試みるのははなはだ愚かなことでしょう、なぜなら――あなた自身が想像しておられる通り――この病気はあなたの精神が生み出したもの以外のなにものでもないからです」

「昨夜の晩餐の席で」彼はすかさず反撃に転じた。「われわれはマクベスの性格について論じ合いましたな。そのマクベスが、侍医に向かっていう言葉を覚えていますか――」

心の病いは、医者にも扱いかねるというのか。
記憶の底にはりめぐらされた悲しみの深い根を
抜き取り、

脳裡に刻まれた苦痛の文句を拭い消す、
それがお前には出来ないことだというのか。
胸を圧しふさぐ危険な重荷を取り除く、
甘美な忘却の作用を伴う妙薬はないものか。

「もちろん覚えています。そして、マクベスの問いに対する侍医の答はこうでした。『それならば、われわれ医者のあずかり知らぬこと、患者みずからが解決すべき問題でございましょう』」そう答えて、わたしは入口のほうへ行きかけた。

「お待ちなさい、ロバート卿」と彼の呼びとめる声に、わたしは立ちどまってふり向いた。「ただ今の軽率な取り乱しようを何とぞお許しください。しかし、わたしの病気が精神的なものに起因しているとしても、そしてこの療法は失敗に終わったとしても、まだ別の療法は考えられるのでしょうな?」

「いや、医学的に充分な実験段階を経た方法は、目下のところこれ以外にはありません。ほかはみな、人体を対象としておこなうには危険がすぎるという方法ばかりです」

「ああ、すると、とにかく方法はほかにもあるということだ!」

わたしは肩をすくめてつけ加えた。「それらのことは考えないほうがよいでしょう。少なくとも、現在のあなたの症状には適用できないものです、まことにお気の毒ではありますが……」

「先生! お願いします、どんな療法でもいい、とにかくやってみてはくださらぬか。たとえ、それがまだ一度も試みられたことのないものでも、わたしは構いません!」

「しかし、危険この上ない方法ばかりですぞ」

「危険ですと?」彼は笑った。「いったいどんな危険があるのです? 顔が醜くなる危険ですか? その点に関してなら、この世にわたしほど醜い顔をした人間はいないはずです! それとも死の危険ですか? わたしは、喜んで命を賭けるつもりです!」

「わたしはあなたの命を賭けることはできない。人間の命の値打ちはそれほど低いものではないのです、たとえあなたの命だろうと」

「ロバート卿、その療法を試みてくれるならば、あなたに千ポンドさしあげましょう」

「問題は金ではありません」

「五千ポンド、いや一万ポンドでもいい！」

「お断わりします」

彼はふたたび寝台の上に横たわった。「よろしい。それでは最後の条件を出しましょう」

「たとえ百万ポンド示されても、わたしの決心は変わりません」

「いや、最後の条件というのは、金ではない。聞きますか？」

わたしは仕方なしに腰をおろした。「ぜひにとおっしゃるのなら、うかがいましょう。ただし、生命の危険のある療法だけは、なんといわれても実行するつもりはありませんよ」

「ロバート卿」と、彼はしばし間をおいてから切り出した。「昨夜、あなたにあいさつをするために階下におりて行ったとき、わたしは客間で、いかにも楽しそうな声を聞きました。あなたは妻と一緒に美しい曲を歌っていたのです。また、その後も、あなたが彼女に意味ありげな視線を送るのを、たびたび……」

「あれはわたしの一方的な思いこみだった。これを機会にあの不《ぶ》躾《しつ》けな行為を深くお詫びします」

「いや、あなたは問題をはぐらかそうとしている。聞くところによれば妻とはロンドン時代からの知り合いだそうだが、そのころ、あれに対して並々ならぬ気持を抱いておられたに違いない。だが、それも当然でしょう、あれは容姿ともにすぐれているうえに、淑女のたしなみをりっぱに身につけた礼儀正しい女ですからな。しかもそればかりではない、あなたの情熱は何年間にもわたって、衰えもせずにくすぶりつづけ、あれの姿を見た瞬間に、ふたたび焔となって燃えあがったにちがいないのです。ま、最後までいわせてください。

ところで、もしわたしが、その火のような情熱を、思うさま満たしてもいいと申しあげたら、あなたはどう思いますかな、ロバート卿？」

わたしは眉をひそめて問い返した。「あなたは、いったいどういうつもりで――？」

「もっとあからさまにいわなければおわかりいただけませんかな。つまり、あなたの心の中で燃えさかる恋の焔をしずめるまたとない機会を提供しようというわけですよ。たった一晩でそれをしずめるもよし、必要とあらば何週間でも、何カ月でも、一年でも、とにかくあなたが満足するまで――」

「人でなし！」わたしは、叫び声とともに立ちあがっていた。

だが、サルドニクスは、わたしのとった態度に対してまるで無関心のていで話し続けた。「……つまり、わが家の客人として、あなたに無限の快楽を伴う真の東洋風の楽園を提供しようというわけですよ！」彼はこともなげに笑いながら、自分の妻がいかにすぐれた女であるかということを得意そうに並べたてた。「まあ考えてもごらんなさい、バラ色に染めあげられた雪花石膏のような、あの比類なく美しい胸のふくらみ、すべすべした滑らかな手足――」

「もうたくさんだ！」わたしはこらえきれなくなって叫んだ。「そんな破廉恥な口をきくのはやめてくれたまえ！」そして、わたしは大股に入口へ急いだ。

「いや、残念ながらまだやめるわけにはいかないのです、ロバート卿。あなたには、破廉恥な言葉をまだたっぷり聞いてもらわねばならない。もしあなたが治療に失敗したら、愛するモードの身をどのような苦痛が襲うかということを、もちろんあれの口から聞いておいででしょうな」

わたしは、ふたたび立ちどまってふり向かざるを得なかった。だが、今度はなにもいわずに相手が先を続けるのを待った。

「どうやら、あなたの関心をひくことができたようだ。では心して聞いてください。いいですかな、これまで話したことが破廉恥だとしたら、これから話そうとしていることはその何十倍も卑劣なことなのです。それに較べれば今いったことなど、まるで祈禱書の文句のように罪のないものだったことに気がつくでしょう。報酬があなたの決心を動かし得ないとなれば、それに代わって脅迫が効果をあげるでしょう。要するに、もしあなたが失敗すれば、モードが罰を受けなければならないのですぞ、ロバート卿」

「彼女にはなんの罪もないはずだ」

「その通り。だからこそ、彼女が罰せられるのはあなたにとって耐えがたい苦痛となるはずです」

わたしの心ははげしく動揺した。このような言葉が人間の口から発せられるとは、どうしても信じられない思いだった。

「この古い城の奥深くには」サルドニクスはつづけた。「昔地下牢としてつかわれた一郭がある。わたしの考えが、妻をそこへ引きずっていって、あの美しい肉体を拷問台の上に長々と横たえることだとしたら――」

「そんな恐ろしいことができるものか！」

「わたしにそれができるかどうかはこの際問題ではないでしょう。わたしが拷問台のことを持ち出したのは、モードも、今わたしが本当に頭の中で思い描いている刑罰に較べれば、まだしもその道具で苦しめられるほうを好むだろうということを、あなたにわかってもらいたいからにほかなりません。では、わたしが考えている刑罰とは何か、それをこれからお話ししましょう。まあ、この話を聞いたら、きっと坐り込みたい気持になることでしょう」

7　怪物の犠牲

「いや、立ったままでうかがいたい」

「ではどうぞご随意に」サルドニクスはそういって、自身は腰をおろした。「たぶんあなたは、モードがわたしと結婚したことを意外に思っておられることでしょうな。世の中にはりっぱな男が大勢いるというのに——たとえばあなたもその一人だが、彼女を愛し、崇拝している連中です——なぜえりにえって見た目にも恐ろしく、ましてその醜さを埋め合わせる高貴な精神や、心の優しさ、魅力といったものをひとかけらも持ち合わせないわたしのような怪物を伴侶に選ぶ気になったのか？

　わたしがモード・ランドルと初めて会ったのはパリにいるときだった。今、初めて〝会った〟のはという言葉を使ったが、正しくは彼女を〝見た〟のは——それもホテルの窓から——というべきでしょう。すばらしい美しさをそなえた貴婦人たちに事欠かぬパリの社交界でさえ、彼女はひときわ抜きんでて目につく存在だった。このような切り出しかたをすれば、あなたは、きっとわたしが彼女に愛情をおぼえたと考えるに違いないが、わたしはこの〝愛〟という言葉が大嫌いだから、単に彼女の容姿がきわめて快い力をもってわたしの感覚を刺戟した、とだけ申しあげておきましょう。そこでわたしは彼女をわがものにする決心をした。だがどのような方法で？　この見事なご面相を彼女の前にさらけ出すことによって？　それはまず不可能なことだった。で、わたしはある理づめの方法を考え出した。まず私立探偵を傭って、彼女自身と両親——当時は両親ともまだ健在だったが——に関するあらゆることを調べ上げさせたのです。その結果彼女の父親は投機に手を出していることがわかったので、裏から手を回して、一見はなはだ信頼がおけそうだが、その実きわめて不利な情報が彼の耳に達するように事を仕組んだのです。ランドル氏はまんまとその手に乗って大金を投資し、間もなく破産の淵に追い込まれた。実をいえばそのために彼が自殺することまでは最初計算に入れていなかったが、この不幸な事件が持ちあがったとき、わたしはむしろ内心大いに喜んだ。ランドル氏の死が、わたしの計画に益するところきわめて大だったからです。やがてわたしは悲嘆にくれる未亡人と娘の前に姿を現わし、実業界におけるランドル氏のすぐれた評判を並べたてておいて、自分は故人の最も親しい友人だったと信じている旨を強調した。そしてできるかぎりの援助は惜しまないつもりだと申し出たのです。こうしてわたしは、極端に卑下した態度と、母娘を納得させずにはおかない巧みな弁舌によって、ついに彼女たちの信用を得ると同時に、わたしの顔に対する嫌悪の情をいくぶんなりとも忘れさせることに成功した。ただし、そこまで漕ぎつけるには何カ月も要したことを理解していただかなくてはなりません。少なくとも最初の半年間は、結婚話とか娘に対する愛情をにおわせるような言葉を絶対に口にしなかった。そして、やがて頃合いを見はからって、わたしが充分な敬意と抑制をこめながらそのことを切り出したとき、彼女はやんわりとその申し出を拒絶したものです。わたしはその答を聞いたとき男らしく引きさがり、ただこれからも二人の友人としてつくしたいという気持だけをはっきり表明しました。それに対して彼女は、自分もまったく同じ気持だと答えました。わたしを愛情の対象として考えたことは一度もないが、友人としてなら信頼のおける相手だという考えが、すでに彼女の心の中に芽生えていたのでしょう。一方夫の死後は涙にかきくれてばかりいた母親のほうは、それから間もなく後を追うようにして亡くなりました。これもまたわたしにとっては、計算外の歓迎すべき出来事だったといわねばなりますまい。さてこの愛らしい娘はいまや天涯孤独の身となって異郷の都にほうり出され、財産もなく、導いてくれる人間もなく、親切なサルドニクス氏をのぞけば、だれ一人頼る者とてない境遇におちいることになったのです。わたしは、さらに数週間じっと辛抱したのち、ふたたび彼女に結婚を申し込みました。数日間はこの申し出も断わられ続けましたが、やがて拒絶はしだいに弱々しくなっていき、ある日ついに、彼女はわたしに向かっていいました。

『お友だちとして、恩人としてのあなたには深く感謝しておりますけど、それと別種の感情だけはいまだに少しも変わっておりません。でも、これから申しあげる奇妙な条件をあなたが受け容れてくださるのでしたら――つまり、わたしと結婚しても妻としてではなく血を分けた妹のように扱ってくださるなら、愛情と子供のない結婚生活にもしもあなたが耐えられるとしたなら――今わたしのおかれている不幸な境遇では、あなたの親切な申し出をお断わりすることはできないと思います』

それに対して、わたしはただちに答えたのです。彼女に対するわたしの気持は純粋、かつ高貴なものであること、肉欲の衝動はわたしにとって無縁であり、わたしの生活には精神的な一面しか存在しないから、彼女に対して望んでいることは、終生変わらず優しい励ましを与えてくれる友情だけであることを。だがもちろんこれは本心ではありません。まさにその正反対の目論見が、わたしの心の中には隠されていたのです。要するにこの甘言によって彼女を結婚に誘いこみさえすればよい。あとはゆっくり時間をかけて種々の手管を弄することによって、彼女を服従させ、自分も満足することができると計算したのでした。しかし彼女は、それでもまだ決心するまでには至らない、というのは、彼女自身卒直に打ち明けたのですが、結婚という行為の最も高貴な、必要欠くべからざる部分が愛情であって、それのない結婚は無に等しいという考えが彼女を逡巡させていたのです。それに、わたしは肉欲の衝動に無縁であり得ても、彼女自身はその自信がもてない、ということも理由のひとつでした。それでいて、わたしに関する限りは、精神的なつながりしか感じなかったことを繰りかえし力説するのです。わたしは彼女の懸念をなだめてやりました。そして、その後間もなく、われわれは結婚したのです。

さて、ここらでひとつ驚くべき事実をお話ししましょう、ロバート卿。わたしは、現世の諸々の快楽に対して、ことのほか激しい欲望を感じる人間です。一人の医師として、また成人男子として、強い欲望をもった男が長い間それを抑えつづければ、必然的に胸のうちに欲求不満と懊悩のわだかまりが生じることは、あなたもよくご存じのはずです。ところが、わたしは結婚以来一度も――重ねていいますが、ただの一度も――妻の心に憐憫の情をかきたてて、結婚に同意したときの厳しい条件を破らせるように仕向けることができなかったのです。もちろんわたしがそれを試みたのは一度や二度ではなかった。しかし、そのたびごとに彼女は恐怖心と嫌悪の情をあらわにして、わたしの手から逃げ去ってしまうのです。しかもそれは彼女が肉体的なものを忌み嫌っているからではなく――彼女自身の告白によれば――ひとえにわたしの醜悪な顔が恐ろしかったからなのです。

これでわたしの顔を元通りに治すことが絶対に必要なわけがおわかりになったでしょう。それにまた、もしあなたが治療に失敗すれば、モードがどれほど苦しまなければならないかということもわかっていただけたと思います。というのは、ここが肝要な点なのですが、もしあなたが失敗すれば、モードはわたしの真の妻となることを強いられる――それも腕ずくで、しかもたった一度の短い時間だけではなしに、一生の間、来る夜も来る夜も、夫たる特権に基いてわたしが選ぶいかなる流儀にも逆らわないで、妻としての義務を果さなければならないのです！」それから、サルドニクスはふと思いついたようにつけ加えた。「なにしろわたしは生れつき想像力の豊かな人間でしてね」

わたしは異様なショックを感じて沈黙を強いられた。今自分の目の前で語り続けている男が、まるで人間とは信じられない気持だった。

「もしこの刑罰を軽々しく考えておられるとしたら、ロバート卿、それは、モードがどれほどわたしを嫌っていて、たとえばわたしが彼女の腕に軽く指を触れただけでも、全身がすくみあがるほどの嫌悪感に襲われ、わたしが手にくちづけをするとき、いかほど努力して首をそむけなければならないかということを、あなたがまだ充分に理解していないからなのです。ところが、彼女に嫌われれば嫌われるほど、わたしの欲望はいよいよ燃えさかる！　今にきっと彼女は狂ってしまうだろう。なぜなら、間もなく爬虫類にも比すべきおぞましいこのわたしを抱かなければならなくなるからです！」

　やがてサルドニクスは立ち上がって肌着を身にまとった。「では、夕食の着替えにとりかかるとしましょうかな。その間に、よく考えてみてください、ロバート卿。あなた自身に問うてみるのです、もしあなたが、モード・ランドルほどに美しく、完全無欠な婦人を、およそ考えられる限り醜悪な冒瀆の祭壇に捧げることになったとしたら、将来屈辱と嫌悪なしに自分自身を考えることができるだろうかということを。やがてロンドンへ帰っても、今この瞬間モードが苦しんでいるということを考えたら、あなたは夜もおちおち眠れないだろう、なぜなら、そうなったのは、あなたがモードを見捨て、怪物の慰みものになるのを黙認したためにほかならないのですから」

8　憎しみの刻印

この日に続く数日間は、不安と危惧にいろどられながら、遅々として過ぎていった。ロンドンやその他の町から、さまざまな品物が取り寄せられた。サルドニクスは、治療に必要な品物を手に入れるためなら、いささかも出費を惜しまなかった。わたしはできるだけ彼と顔を合わせることを避け、食卓で同席することさえ敬遠して、食事はもっぱら部屋まで運ばせた。反対に、モードとはなるべく一緒にいて、慰めたり恐怖心をやわらげたりしてやることにつとめた。サルドニクスが仕事で手がふさがっているおりを見はからって、われわれは客間で話し合ったり、音楽に興じたりした。

このようにして、みじめな暗い影の中に見出されるが故に、実際以上に大きく見えるささやかな喜びをところどころにちりばめて、何日かが過ぎていった。

そのうちに、わたしはモードの人柄をロンドン時代よりもさらによく知るようになった。膝をつき合わせて向かい合っているとき、不幸がおたがいの間の形式的な礼儀を不要のものにしてしまい、卒直な言葉を口にさせるのだった。こうしてわたしはモードの優しい心を改めて知ると同時に、思いがけない芯の強さをも発見した。わたしは、彼女に対する愛情を卒直に口にしながらも、その舌の根の乾かないうちに、この愛が報いられる可能性のまったくないことを認めなければならなかった。サルドニクスがわたしに与えることを約束し――そしてわたしが拒絶した〝報酬〟について彼女に話すのはさしひかえたが、彼がわたしに対してこの上なく親切な態度を示す究極の、いやしむべき目的を明らさまに打ち明けていないことを（間接に）知って、大いに感謝した。

「ロバート」と、あるとき彼女はいった。「彼の病気はほんとに治ると思います？」

それに対して、わたしは、ほとんど見込みがないことを故意に伏せて、あいまいに答えた。「あなたのためならば、わたしはこれまで経験したことのない苦難にも耐える覚悟です」

やがて、注文しておいた必要な品々、新世界で採取された薬草や、ロンドンからのある装置、スコットランドからのある重要な器具などが、ある日ついに到着した。わたしはただ独り自室に朝から晩まで閉じこもって、薬草から必要な液体を抽出する仕事にとりかかった。翌日数匹の犬が実験室に連れ込まれ、死骸となって運び出された。それから三日後に、一匹の犬が生きたままで外へ連れ出され、かくて薬液抽出の作業は完了した。

わたしは治療開始の準備が整ったことをサルドニクスに伝えた。彼はただちに実験室へやって来て、満足そうな微笑をその強直した顔面に浮かべるかに見えた。

「これこそまさに集中的な努力のたまものだ」彼はいった。「人間は怠惰な動物だが、恐怖の火に身を焼かれると、かくもすばらしい奇蹟をおこなうだけの能力をもっているのだ！」

「奇蹟の話などやめましょう」わたしはいった。「間もなくあなたの命は危険にさらされることになるのだから、お祈りでもしている分にはべつに害もないかもしれないが」

わたしは傍らのテーブルを指さして、その上に横になるように促した。まずこれからおこなおうとしている処置法を前もって説明しておく必要があった。「探検家のマゼランは、南米大陸の原住民が槍の穂先に塗って使うある物質のことを報告している。その効果は驚くべきもので、巨大な野獣もそれで一突きされれば、即座に倒れてしまうという代物なのです。それは、ある植物から得られるもので、実は、この数日間わたしが抽出しようとして没頭していたのは、ほかならぬその物質だった」

「つまり、毒薬というわけですな、ロバート卿？」と、彼は眉をひそめながらいった。

「用いる量が多いと、全身の筋肉――とりわけ肺と心臓の筋肉が完全に弛緩して、人間は死に到るのです。わたしは、この毒物を稀釈して用いれば、麻痺患者の強直した筋肉を弛緩させる効果があるのではないかというテーマを、長年にわたって研究してきました」

「まことに卓抜なる着想といえますな」

「しかし、警告しておきますが」わたしは説明をつづけた。「この蒸溜液は、いまだかつて人体に用いられたことがない。あなたは死ぬかもしれないのです。だから、わたしとしては、できることならこの薬を使いたくないし、あなたがみずからの運命を柔順に受け容れて、夫人を脅迫するなどというばかげたことを思いとどまるべきだと思うのです」

「あなたはわたしの心に毒薬に対する恐怖心を植えつけて、不信の念をかきたてようとしているのですな、ロバート卿」サルドニクスは笑いながら答えた。「しかし、わたしはあなたを恐れてはいない――いやしくも英国のナイト爵位を持ち、また尊敬すべき医師でもあるあなたが、まさか計画的に自分の患者を毒殺するなどという不名誉なことをする気づかいはありますまい。つまり、名誉を重んずるあなたの美徳が、わたしの心に巣喰う悪徳の最も大きな味方なのです」

それを聞くや、わたしは思わずかっとなった。「もちろん、わたしはあなたのような人殺しとは違う。だから、かりにこの方法を用いることを断念させ得ないとなれば、つまりやる以上は全力をつくして成功させるよう努力するつもりです。だがしかし、その場合でもなお、絶対に生命の危険がないとは保証しかねるのです」

「まあ、わたしを殺さないようにするほうが身のためでしょうな」彼は平然といい放った。「なぜなら、もしわたしが死ねば、召使いたちは、あなたと妻を二人とも生かしてはおかないでしょう。しかも、ひと思いには殺さずに、たっぷり時間をかけて恐怖を味わってもらおうとするに違いない。それから、つぎにわたしのこの忌わしい病気を必ず治すようにも努力してもらいたいものだ——そうすればモードは、死ぬほど恐れている拷問によってなぶりものにされずにすむというものです」わたしは、あまりのことに答えるすべを知らなかった。「では、前置きはこれぐらいにして、いよいよその霊薬をひと思いにのませてもらいますかな」

「いや、これはのむ薬ではない」

「はっはっは、すると、南米大陸の原住民にならって、槍の穂先にでも塗って突こうというのですか？」

「冗談にしてはなかなか適切です」わたしはこたえた。「実は、鋭い針を持つある器具——まだ世間ではあまり知られていないもので、スコットランドから注文で取り寄せた新しい医療器具を使って、あなたの体内にこれを注入するつもりなのです。この方法は、クリストファー・レン博士によって、すでに二百年前に提唱されていたものだが、それを発展させたわたしの友人、エジンバラのウッド博士によって、最近ようやく実用化された。原理はきわめて簡単で——」わたしは実物を彼の目の前にさし示した。「円筒形の容器の先端に細い針をつけただけのものです。ただしこの針の中が空洞になっていて、皮膚に突き刺したとき、そこを通って薬物が直接血管内に流れ込むような構造なのです」

「なるほど、医療技術のめざましい進歩にはいつも感心させられますよ」と、サルドニクスはいった。

やがてわたしが注射器に薬液を満たしはじめると、患者は、「ちょっと待ちなさい」といった。

「さては、恐ろしくなったのですか？」

「父親の墓場で起こったあの忘れようにも忘れられない夜以来、わたしは恐れというものを知らない。いわば、あの晩恐怖というものをあまりにも多く感じたために、それは一生の間わたしの中で持続する運命なのです、ただ、このさい、召使いたちにいろいろと指図を与えておきたいからですよ」彼はふたたびベッドから起き上がってドアのほうへ行き、召使いの一人にサルドニクス夫人を呼ぶように命じた。

「なぜ彼女がここにいる必要があるのですか？」と、わたしは不審に思って訊ねた。

「モードが傍にいれば、もしわたしが死んだとき、あるいはこの治療が失敗に終わったとき、彼女を待ち受ける運命がいかなるものであったかを、あなたは否応なしに思い出さざるを得ないからですよ」

やがてモードがわれわれの前に連れてこられた。彼女は準備された器具類——泡立つ蒸溜器、試験管、鋭い針のついた注射器など——を、驚きと恐れの入り混じった目で眺めた。わたしはこれからおこなおうとしている治療法の原理を彼女に説明しかけたが、サルドニクスがそれをさえぎった。「妻はあなたの医学講義を聴きにきたわけではないのですよ、ロバート卿、だから彼女に細々《こまごま》とした説明をする必要はない。時間の無駄ですから、すぐに始めていただきたい！」

彼はふたたびベッドに横たわって、わたしの顔をじっと見すえた。わたしはモードに向かって暗黙のいたわりをこめた視線を送り、それから患者のほうに近寄った。わたしが注射器の針を、まず左の頰に、ついで右の頰に突き立てる間、彼は身じろぎひとつせず、いささかもひるむ様子がなかった。

「では」わたしはいった——そして、自分の声が震えをおびていることに気づいて、少なからず驚いた——「十分ぐらいして効果が現われるのを待ちましょう」

それから、モードの傍に近づいて、目は患者に向けたまま、低い声で彼女に話しかけた。患者はじっと天井を見上げており、顔はあいかわらず不吉な笑いを浮かべたように強直したままだった。やがて、きっかり十分が経過すると、彼の口から短いうめき声が洩れた。わたしははじかれたようにベッドの傍に急ぎ、モードもすぐ後から続いた。

われわれは、憑かれたようにサルドニクスの顔を見守った。板のようにこわばった表情がゆっくりと弛緩しはじめ、その下からまるで違うもう一つの顔が徐々に現われ始めている。二つの唇はしだいに間隔を狭めて、むき出しの歯と歯ぐきを覆い隠し、彫像のような頬の皺も消えてなめらかな肌に変わりつつあった。こうして一分足らずのうちに、われわれの目の前にある顔は、見るからに温和で美しい男の顔に一変していた。彼は測り知れないほどの喜びに目を輝かせながら、早くも口を開いて何かいいたそうなそぶりを示した。

「待ちなさい」わたしは、すぐにそれを押しとどめた。「まだ口をきいてはいけない。あなたの顔の筋肉は、目下極度の弛緩状態にあるから、唇を動かそうとしても思い通りにはならないのです。だがその状態も間もなく過ぎ去るでしょう」わたしの声は興奮のためうわずり、しばし彼に対する敵意もわすれていた。彼は無言でうなずき、それから、突然起き上がって近くの壁にかかっている鏡の前に走った。顔こそまだ喜びを表現することはできなかったが、全身が勝利の歓喜にうちふるえ、圧しつぶされた幸福の叫びが喉のあたりにあふれかえっている様子がうかがわれた。

彼はやがて戻って来てわたしの手をとった。つぎに、モードの顔を真正面からじっと見つめた。しばらくして彼女は口を開き、「あなたの病気が治るなんて、こんな嬉しいことはありませんわ」といってから、つと顔をそむけた。彼の喉のあたりで、声にならない笑いがふくれあがった。やがてわたしの仕事机に近寄り、ノートの一ページを引き裂いてそれに何か走り書きをはじめた。紙片を手渡されたモードは、読み終わった後それをわたしにさし出してよこした。《恐れることはない、モード。おまえはもうわたしの抱擁を耐え忍ぶ必要はないのだ。たとえこの顔が本来の美しさを取り戻したとしても、それによっておまえの嫌悪の気持が変わらないことはわたしが一番よく知っている。だから、この書面によって、わたしは結婚を解消するつもりだ。これまで名ばかりの妻であったおまえは、今後形式的にもわたしの妻であることをやめるのだ。わたしはおまえに完全な自由を与えよう》

わたしは読み終わって紙片から目をあげた。サルドニクスはその間に文字によるつぎの意思表示にとりかかっていた。ノートからもう一枚の紙を引き裂いて、今度はそれをわたしに手わたしてよこしたのである。それには、《この書面は、あなたがこの城を安全に脱け出して、村に辿りつくための通行証です。謝礼金は望みのままに与える用意があるが、あなた方遠慮深い英国人は、わたしから金を受け取ることをいさぎよしとしないでしょう。いずれにしても、夜が明ける前に、モードを連れてこの城を去ることをすすめます》と認められてあった。

「われわれは一時間以内に出発します」と、わたしは答え、モードの手をとって入口に向かった。だが、部屋を出る前に、もう一度だけサルドニクスのほうを振りかえった。

「数々の卑劣きわまりない脅迫、直接手を下しこそしなかったが、それに劣らず邪悪な、この婦人の両親を殺した罪、父親の墓をあばいて冒瀆した罪、醜く変わりはてた容貌が、悪行に対する口実を与えるはるか以前から、あなたの心に巣喰っていたあさましい貪欲と非人間性、その他あなたの経歴をどす黒く塗りつぶしている諸々の知られざる罪悪の報いとして――わたしの非難と憎しみのこの印を受けるがよい」そう叫びながら、わたしは彼の頬をはっしとばかり殴りつけた。だが彼は何の反応も示さなかった。わたしがモードと連れ立って実験室を去るときも、彼はそのまま彫像のように部屋に中に立ちつくしていた。

9　神ならず、悪魔ならず

この異様な物語も、おそらくこのあたりで幕を閉じるべきなのだろう。モードもわたしも、その夜以降サルドニクスと顔を合わせる機会はいうまでもなく、彼の噂を耳にしたことすらないのだから、もはや物語の中心人物に関して、語るべきことは何ひとつ残っていない。そしてまた、われわれ二人にとっては、幸福な結婚をしてからすでに十二年が過ぎ去り、今は丈夫な男児一人と、母親に生きうつしの二人のかわいい女児の親であるということ以外に、あずかり知るべきことはなにもないのだ。

しかしながら、例のわたしの友人で、倦むことを知らぬ旅行家にして筆まめな報告者でもあるヘンリイ・スタントン卿から、一週間ほど前に受け取った手紙の一部をここに引用してみる気になったのも、実をいえば、この手紙を読んだとき、わたしは、サルドニクス氏の物語に結末をあたえる必要を感じたからにほかならないのである。

> ……ところが、ボビー（と、スタントンはわたしに報告しているのだ）今わたしのいるこの地方には、面白いことはほとんど何もない、だから、わたしは近くロンドンへ帰る日を楽しみに待っている。興奮と冒険のドラマはすでに遠い昔になってしまい（かりにそんなものが現実に存在したとしての話だが）、今はただ、宿屋の煖炉を囲んで、勢いよく燃える火を眺め、喉を快く刺戟するワインのグラスを暖めながら、土地の人々から聞く昔話で満足しなければならない時世になってしまった。この土地の人々は、人殺しや幽霊や屍食鬼やらといった恐ろしい話が大好きだし、わたし自身も告白すればそういった怪奇譚には大いに興味を

抱いている。例えば土地の人々は、壁についた一点の汚れを指していうだろう、それは今から五十年前に、罪なくしてそこで殺された一人の女の血の痕なのだと。その血痕はいくら水で洗っても消えず、そればかりか毎年彼女が殺された日がめぐってくると、ますますくろずんで色濃くなるというのだ。不気味な口調で語られるこういった話を聞いているうちに、人はもちろん真顔で相づちを打ちたい気分にもなってくるし、そうすれば、話し手のほうはいっそう熱が入ってくる。またこういう話もある。十一世紀の昔、国境を越えて押し寄せた侵略者の大軍が、祖国を防衛するために墓の中から立ち上がった愛国者たちの骸骨の群れによって散々に打ち破られたというのだ。この骸骨たちは、敵軍が敗走するのを見とどけたうえで、ふたたび墓の中へ戻って行った（そしてこの連中に問題の墓というのを実際に見せられたら、どうしてこの話を疑うことができようか、ボビイ?）。

また人々は荒れはてた古城の廃墟を指さして（この地方のいたるところに、こういった陰気な城が点在しているのだ）、わずか十年あまり前に、絶望と孤独の中で死んでいった奇怪な城主の話を聞くことだろう。この恐るべき人物は、常々彼を憎み嫌っていた召使いどもに見捨てられて村にさまよい出たが、すでに顔色は鉛のように蒼ざめて生気を失い、心は打ちひしがれ、最も卑しい乞食にさえ無言のうちに救いを求めるほどにおちぶれていたそうだ。わたしは無言のうちにと書いたがそこがこの信じられないような話の面白いところだ。というのは、煖炉のまわりで想像力豊かな土地の人々から聞くところによれば、この哀れな男は、口をきくことはおろか、食うことも飲むこともできない不幸な身の上なのだそうだ。なぜそうなのか、と不思議に思うだろうね。理由は簡単だ、たとえ夢中で自分の顔をかきむしろうが、あるいは腕力たくましい男どもの力をかりようが、彼の口は絶対に開こうとしないのだ。聞くところによれば、悪魔の呪いを受けたこの男は、山と積まれた飲物の樽や山海の珍味にとり囲まれながら飢え渇き、タンタロスの苦しみにさいなまれながらついに死んでいったという。ああ、ボビー、わが国の小説家たちの努力も、この話に較べればなんと見劣りのすることだろうか！　英国の文学者たちには、所詮この土地の人々に匹敵するすさまじい想像力が欠けているのだ！　わたしは今後ラドクリフ夫人の作品に興味を感じることは二度とないだろう。またハムレット王の亡霊にしても、今日をかぎりに、わたしの心にはいささかの恐怖も与えず、むしろ憐れみの情しかかきたてない存在になってしまうに違いない。にもかかわらず、わたしはすでに一度の旅行にしては多すぎるほど外国の土地を歩き回ってきた、今はただ、きみと夫人(彼女にはわたしからくれぐれもよろしくと伝えてくれたまえ）が住んでいることによってのみその退屈さから救われる英国の地に、一日も早く帰りたいと念じているだけだ。では来月になってふたたび会う日を楽しみにしている。

気まぐれなる友
ハリー・スタントンより
一八××年三月、ボヘミアにて

この手紙を読んで、最後の話にある不幸な男をサルドニクスと考えることは、それほど困難ではないだろう――事実わたしがスタントンの手紙をまだモードに見せていないのも、そう考えたからにほかならないのだ。というのは、サルドニクスを心底から嫌っていたにもかかわらず、彼女の慈悲心に富んだ傷つきやすい魂は、サルドニクスが恐ろしい苦しみのさなかに死んでいったことを聞けば、きっと深い悲しみにくれるに違いないからだった。それに、わたしとしては、このような薄弱な根拠にもとづいて結論を下すことを避けたくもあった。ハリーは手紙の中で、この悲劇的なドラマの舞台となったボヘミア地方の具体的な場所の名前については何も触れていない。それに、手紙がボヘミアで書かれたことは事実だが、ハリーはベルリンに到着してからそれを投函しているので、消印からも手がかりは得られなかった。サルドニクス城のような城は、ボヘミア地方にあってはべつに珍しくないので——その点にかんしてはハリー自身も、『この地方のいたるところに、こういった陰気な城が点在している』と述べているぐらいだ——やがてハリーが帰国して彼の口から城の所在を正確に聞き出すまで、わたしは結論を保留することにしたのである。

それというのも、もしハリーのいう『荒れはてた廃墟のような城』がサルドニクス城であり、飢えて死んだ男の話が信じるに足るとしたら、それはきわめて興味深い、戦慄すべき事柄だからである。

わたしは五日間にわたって部屋に閉じこもり、南米大陸産のある植物から薬液を抽出することに没頭した。この間に、何匹もの犬が死体となって実験室から運び出されたことを記憶しておられる方もあるだろう。わたしは、サルドニクスにこの薬の恐ろしさを印象づけるために、哀れな動物たちにまったく薄めていない原液をそのまま注射して、故意に殺したのである。わたしはそもそもの初めからこの致命的な劇薬の安全な稀釈液を作り出すつもりなど毛頭なかったし、事実作りもしなかった。その性質に関して、医学的に見てあまりにも未知の部分が多すぎたし、潜在する危険があまりにも大きかったからである。サルドニクスの体内に注射した液体は、実は純粋な蒸溜水以外の何物でもなかった。それがそもそもの最初から、わたしの計画だったのである。遠い外国からはるばる医療器具を取り寄せたりしたのも、サルドニクスの肉体にではなく、精神に作用することを狙った見せかけの道具だてにすぎなかった。ケラー、モリニャック、ブオナジェンテといった人々に加えて、わたしのマッサージ技術をもってしても効果がなかった以上、彼の肉体的な障害を取り除くにはもはやその精神を通じておこなう方法しかあり得ないと、わたしは確信したのだ。ただしそれには、ある強力な薬を与えられたのだと彼に信じてもらう必要があった。そうすれば、あとは彼の心がひとりでにやってのけるだろうとわたしは信じて疑わなかったし——事実その通りのことが起こった。

もしハリーのいう『奇怪な暴君』の話が事実だとすれば、われわれは人間の魂というものに対して驚きと畏怖の目をみはらなければならないだろう。なぜならば、モードとわたしが城を去った後、あの哀れむべき男が口を開いて飢えと渇きをみたすことを妨げるものは——少なくとも肉体的な理由は——何ひとつなかったはずなのだ。彼はあの城の中にただ独り取り残されて、手をのばせばいつでも届くところにあり余るほどの食物を眺めながら、考えられるかぎりで最も悲惨な刑罰が身にふりかかるのを迎えなければならなかった。それは、サルドニクス自身の言葉をかりるならば——『天上の神や地にひそむ悪霊ではなく、彼自身の心、頭脳、魂』が頭上に下した刑罰だったのである。

役　者

The Actor

　舞台裏では、劇場支配人がせかせかと歩きまわっていた。「今度もまた失敗だろう」と、彼はいった。

「いや、きっと成功する」と、すかさず演出家が答えた。

「しかし、これまでもすべて失敗だった」

「その言葉を聞くのはこれで五度目だよ」

「お望みとあれば六度でもいってやろう――これまでもすべて失敗だった！」

「結構」演出家は答えた。「だったらなおさら今度こそ成功させなくっちゃ」

　支配人は禿げ頭をごしごしこすった。それから、つとめて穏かな口調で話しはじめた。「いいかね、われわれがこの仕事をやっている目的はただひとつ、すなわち劇場を満員にすることなのだよ」

「今度こそ満員ですよ」演出家はすかさずこたえた。

「客はきっとこの芝居が気に入ってくれる」

「さあ、むしろそっぽを向くんじゃないかな」

「ぼくを信用してないんですか？」

　支配人は相手の不機嫌が爆発しそうな雲行きをいちはやく感じとった。機嫌をそこねた演出家は彼の手に負えない人種だった。そこで彼は一変して愛想のよい言葉つきになり、「なあ、きみ！」といいながら、相手の肩に手をかける。「きみを信用してないって？　とんでもない誤解だ、わたしが町中を鵜の目鷹の目で探しまわったとしても、きみほどの演出家はとうてい見つかるはずがない。いや、町中はおろか、国中探してもそうだろう。友よ、これは決して嘘じゃない。もちろんきみを信用しているよ。きみは芸術家だ。演劇の専門家だ。大衆受けもする。大衆が何が望んでいるかを、きみほど的確に察知している人はいないよ」

「それはどうも」

「わたしだって感謝しているよ。演出家の名誉はとりもなおさず劇場支配人の名誉だからね」

「ほう！」

「わたしはきみより少しは年もとっている」支配人は笑いながら言葉を続けた。「おかげで、新しい芝居が現われては消え、新しい観客が現われては消え——そして演出家たちが次から次へと現われては消えるのをこの目で見てきた」

「それは脅迫ですか？」演出家は、にわかに険悪な表情になって鋭く問い返した。

「脅迫だって？」支配人はあきれはてて二の句がつげないといった表情になった。「わたしが脅迫を口にするというのかね？　ほかならぬこのわたしが、わが家に客として招いて、かぞえきれないほど何度も食事をともにしたことのある、偉大な芸術家にして個人的な友人でもあるきみを、なんでまた脅迫しなけりゃならんのかね？　いやはや、脅迫とはね」彼は両腕を大きく拡げて、まるで神の助けを乞うかのように天を見あげてから、ふたたびやさしい口調で言葉を続けた。

「まあ聞きなさい。大衆は自分たちが常に何か新しいものを求めていると錯覚しているだけなのだ。実際には、あいも変わらぬ陳腐なものに、ところどころ少しひねりをきかしてやればそれで結構満足している」

「ぼくが彼らに与えようとしているものはまさにそれなんですよ」演出家は答えた。「ちょっとひねりをきかすだけで、台本そのものには全然手を加えない。台本をただの一語も変える気はないのです」

支配人は、黙って溜息をついただけだったが、そのしぐさは彼の心中をはなはだ雄弁に物語っていた。やがて彼は諦めの口調で念を押した。「きみはどうしても自説を押し通す気かね？　このわたしを破産させる決心なんだね？」

演出家は年上の男の肩を叩いた。それから、いかにも自信ありげに、「彼らはきっとこの芝居が気に入りますよ。まあ見ててください」と保証した。

落胆した支配人は今にも泣き出しそうな声でいった。

「演出家が台詞を述べる。たった一人の人間が、合唱隊と呼応して現実の世界のように彼らと会話をする！ああ、わたしは世間の笑い物になるに違いない！」

「心配は無用です」演出家はいった。「この試みは、やがてまったく新しい職業を創り出すかもしれない、答唱者《レスポンダー》、叙唱者《スピーカー》、または——役者《アクター》といった職業を。ああ、それは実に喜ばしいことだ」そして、劇場支配人にいたずらっぽく目くばせをしながら、悲劇作者テスピスは、アテネの野外劇場の輝く陽ざしの中へ歩み出て行った。

檻

The Cage

「あの男は悪魔の化身だというもっぱらの噂でございます」と、伯爵夫人は、若々しい胸元の襟留めを上の空でいじりながらいった。

夫は、さも軽蔑したように鼻を鳴らした。「ふん、だれがそんなことをいった？　どうせ愚かな人間どもの根も葉もない噂話にすぎん。あの男はなかなかりっぱな監視人だ。領地の管理も実にしっかりやっておる。まあ、あの男にも、いささか非情というか、冷淡というか、そういう一面はあるかもしれないが、しかし彼が人間の姿をした悪魔だなどという噂は信じがたいな」

「非情というならそうかもしれません」伯爵夫人は、帽子から長ズボン、手袋まで全身これ黒ずくめといった服装で立ち去ってゆく男の後ろ姿をみつめながらいった。「でも、あの男が冷淡だとおっしゃいますか？　彼は女たちにとても人気があって、征服した女は数知れないと申します」

「……と申します、とな。またしても下らぬ噂話を引き合いに出しおる。よいかな——だいたい堕天使ルシファーが人間の女と寝たりなどすると思うか？」伯爵は、とっさに思いついたこの理屈が大いに気に入ったらしく、ふたたび鼻を鳴らした。

「寝ないと断定はできないかもしれません」夫人は答えた。「地上を歩くためには、悪魔といえども人間の姿かたちをかりなければならないでしょう。だから、人間の欲望を抱いたとしてもべつに不思議はございません」

「はてな、その点はわしにもわからん。そうなると神学上の微妙な問題だ。むしろ法王でも相手にして議論するほうがよかろう」

伯爵夫人は微笑を浮かべた。「あの男は何をしに来たのですか？」

「なんでもない。仕事の話でやって来たのだ。さて、そろそろ中に入って夕食とするか」

「はい」伯爵は夫人のほうに腕をさし出して、綴織り《タペストリー》のかかった城の広間をゆっくりと歩きはじめた。「でも、彼は何事か執拗にいい張っているように見受けられましたけど」と、しばらくして伯爵夫人がいった。

「だれのことだ？」

「あなたの有能な監視人のことでございます」

「ああ、その事なら、彼は農奴たちにもっと厳しい手段でのぞまなくてはならぬというのだ。苛酷な刑罰の恐怖で彼らを脅かすのでなければ、自分の監視人としての権威を保てない、といってな。わしの父親の時代には、城の拷問部屋を想像しただけで百姓どもはおとなしく命令に従ったものだ、と彼はいっておった」

「お父上の時代？　すると、あの男はお父上を知っているのでございますか？」

「父の気性の激しさは、一族の紋章、楯の表面に刻まれた刀傷のようなものだった。つまり、その性格ゆえに八方に敵を作る結果になったのだ。それだからこそ、わしはつとめて情け深い城主たらんと欲している。わしは、できることならば歴史に暴君として名を残したくない」

「それにしても、やはりあの男は悪魔の化身だと思われてなりません」

「そなたは愚かな鵞鳥だ」伯爵は、笑いながらいった。

「まったく美しい鵞鳥だよ」

「それならあなたは雄の鵞鳥でございます」

「さよう、老いぼれ鵞鳥というところかな」

彼らは食卓についた。「あなた——」と、伯爵夫人が呼びかけた。

「なんだ？」

「さきほどのお話にあった拷問部屋のことですけど、わたしがまだ一度も見たことがないなんて、考えてみれば不思議ですわ」

「たかだか三月《みつき》の間に、この城を隅から隅まで見られると思っておるのか。それに、あの部屋へ行くためには、隠し扉を通り抜けて秘密の階段を降りなければならぬ。だが、ぜひとも見たいとあれば、食後に案内してやらぬでもない。ただし、若く美しい鵞鳥の興味をそそるようなものは何ひとつないものと心得るがよかろう」

「三月とおっしゃいますが……」伯爵夫人は、ふたたび襟留めをまさぐりながら、消え入るような声でいった。

「結婚以来、月日の経つのが遅いとでもいうのか？」

「遅いどころか」夫人は、いささか度が過ぎるほどの笑顔を見せながら答えた。「結婚したのがつい昨日のことだったような気がいたします」

「人々はお前のことを悪魔の化身だといいふらしております」伯爵夫人は、豊かな髪の毛を掻きあげながらいった。

「わたしが悪魔ではいけませんか？」

「いけなくはない。ただ、わたしを地獄へ引きずり込むつもりなのですか？」

「あるいは」

「もし本当の悪魔なら、暗喩によって語るはずです」

「お望みとあらば」

「でも、本物かどうかは疑わしい」

「疑わしいところが悪魔の本領なのです」

「そういえば、悪戯好きのところも悪魔にそっくり」

「なぜでしょう？　あなたが身に一糸もまとわぬ裸に近いお姿でいる寝室へ、こうして無遠慮に入り込んだからなのですか？」

「それもあります。もうひとつの理由は、お前が主人をそそのかしてお父上のような暴君に仕立てあげようと目論んだことです」

「伯爵の口からそのことを？」

「そうです。主人は、あなたが扉を開けるように進言した拷問部屋に、わたしを案内してくれました。なんという悪い人でしょう、あなたは！　あそこは身の毛のよだつような恐ろしい部屋でした。薄暗く、湿気がひどくて——それにあんな深い地下に——あそこへ閉じ込められた哀れな人間は、肺が張り裂けるほど泣き叫んでも、その声を聞きつけてもらえないでしょう」

「あなたの目は異様に輝いている。きっとあの部屋に魅せられてしまったのに違いありません」

「魅せられたというのですか？　絶対に違います！　むしろ気が遠くなるほど厭な気持でした。あの恐ろしい拷問台……ああ！　四肢が引きのばされ、腱が引きちぎられるのを想像すると……」

「でも、あなたは喜ばしげに身を震わせております。しかもそれがあなたにはよくお似合いだ」

「それからあの恐ろしい車裂きの道具や、鉄の靴……ところで、わたしの足は、とてもきれいだと思うでしょう？」

「非のうちどころもありません」

「高くそりかえった土踏まず、短くてほっそりした指。わたしは足の指の長いのは嫌いなのです。あなたの足の指も、きっと短いのでしょうね？」

「肝心のことをお忘れのようだ——わたしの足には指などありません。あるのは蹄《ひづめ》だけですよ」

「用心なさい。わたしはすぐに信じてしまいます。で、あなたの角はどこにあるのです？」

「目には見えません。伯爵も間もなく角を持つようになりますよ」

「なるほど。あなたは自分の魅力に鼻高々らしい」

「おたがいさまですよ」

「わたしが一番恐ろしいと思ったものはなんだか知ってますか？」

「それは、なんの話でしょう？」

「もちろん、拷問部屋のことです」

「ああ、そうでした。で、一番恐ろしかったのは？」

「あそこに檻がひとつありました。小さな檻です。見たところ、猿でも飼っておくためのもので、それより大きな生き物を入れるには小さすぎるようなのです。ところが、夫はそれが何を閉じ込めるためのものだと説明してくれたと思います？」

「さあ、なんでしょう？」

「人間ですよ！」

「まさか！」

「でも、夫はそういいました。中に閉じ込められた人間は、まっすぐ立つことも、横になることもできないのだそうです。そのうえ、床には鉄釘が植えてあるので、坐ることもできません。だから、数日間、時には数週間も中腰の姿勢を続けたのち、やがて耐えきれなくなって外へ出してくれと叫びながら、たいていは気が狂ってしまうのです。わたしだったら、そんな目にあうくらいならむしろ拷問台でひと思いに引き裂かれたほうが……」

「さもなければ、その美しい足を鉄の靴に押し込まれるほうが、まだしもましだと？」

「おやめなさい。なんだか足がくすぐったい……」

「それが狙いで、わざとこんなことをいったのです」

「もうお帰りなさい。もうすぐ伯爵がやって来るころです」

「では、明日またお会いしましょう、奥さま……」

　独りになると、伯爵夫人は微笑を浮かべながら、彼に接吻された足の指を放心の態でこすりはじめた。火のように熱い口づけという言葉を彼女は聞いたことがある。それは三流吟遊詩人の常套文句だったから、今夜の事が起こるまでは詩的な誇張としか考えていなかった。彼はわたしを欲した——ああ、本気でわたしを欲したのだ！　わたしはやがて彼のものになるだろう。だが今すぐではない。おあずけをくわせて、焦らしてやらなくては。透きとおった寝間着姿を見せつけ、髪を櫛けずるために両手を持ちあげて、豊かな胸の美しさを存分に鑑賞させてやらなくては。時々は口づけも許してやる。でも、唇を与えるのはまだ先のこと——今のところは、足や指先きや額だけを許すのがよい。あの火のように熱い口づけ。彼を懇願させ、苦しみのうめき声をたてさせるのだ……。彼女は幸せそうに溜息をつきながら寝台に横たわった。美しく生まれついて、男たちにパン屑でも与えるように少しずつ愛情のかけらを施してやり、相手がそれをついばみ終わって、もっとくれと哀願するのをながめながら、ぴしゃりとその願いを退けて彼らを飢えさせ、笑いものにする楽しみこそ、女冥利につきるというものだ。あの男も、もうすでに口をパクパクさせている。もうすぐ哀れっぽく懇願しはじめるだろう。だが、ゆっくりと時間をかけて飢えの苦しみを味わってもらう。それから、たっぷりご馳走を食べさせてあげよう。そうしたらどれほどガツガツと貪り食うことだろう！　飢えと渇きに苦しめられながら無駄にした時間を埋め合わせるために、夢中で空腹を満たそうとするから、最初はあっという間に終わってしまうに違いない。でも、そうしたらすぐにまたもう一度おなかを空かせてもらって、繰りかえし満腹してもらう。きっとさぞかし楽しいことだろう……

「もし噂の通りわたしが悪魔だとしたら、魔力でもってあなたを思い通りにできるはずなのに、なぜわたしは恋に身を焦がしながらこうしてあなたの足もとにひざまずかなければならないのですか？」

「そうするのが楽しいからなのでしょう、暗黒の王子さま。さあ、ここへ接吻をなさい」

「いやだ。その唇が欲しい」

「まあ。つけあがってはいけません。そんなことをいうんなら出て行ってもらいますよ」

「いやだ……出て行けだなんて……」

「それならいいでしょう。少し制限をゆるめてあげますからね」

「ああ！　それでは――」

「まあ、お坐りなさい。まだわたしの〝お許し〟は出ませんよ。ほんの少し制限をゆるめるだけです。もっとも、あなたがその好意に価するかどうかはわかりませんけど。なぜなら、あなたは求めるだけで何一つ与えようとはしないのですもの」

「望みのものは、なんでも差しあげます」

「まあ、なんて大袈裟なことを！　でももしかすると、あなたにはそれだけの力があるのかもしれない……」

「絶対に嘘はいいません」

「でも、聞くところによれば、あなたはその見返りに恐ろしい要求を突きつけるとか。きっと永遠に終わりのない苦しみを背負わされるのでしょう……。ああ、否定しないところをみると、やっぱりあなたは、悪魔だったのですね」

「どんな望みでもかなえてあげましょう。遠慮なくいってください」

「わたしはまだ若い。殿方たちは――そしてわたし自身の鏡も――わたしが美しく、頭から足の爪先まで喜びに満ち溢れているとほめ讃えてくれます。この肉体をそっくりわが物にしたいとは思いませんこと？」

「もちろん、答えるまでもないことだ！」

「それなら、この美しさが永遠に色あせないようにしてください。わたしの若さが、年齢という暴力に堂々と立ち向かえるようにして欲しいのです。どうぞわたしに――どのような運命と引き換えでもかまいませんから――永遠の生をお授けください」

「永遠の生……」

「ほほ！　どうやらわたしの勝ちのようです。絶対に死なない身なら、たとえ永遠の苦しみをあたえられようとも、少しも苦になりませんもの。さあ、わたしの願いをかなえてくれますか？」

「それはできません」

「お見事ですわ！　なんとすばらしい演技でしょう！　あなたを尊敬してもよいような気がしてきました。もしほかの男が悪魔になりすましたのなら、こんなときはすぐに承諾するでしょう。ところがあなたは……まったく頭のいい人ですわ」

「なんといわれようと、それだけは応じられません」

「もうやめなさい――笑いで息がつまりそう！　こんな面白い遊びをしたのは初めてです。わたしたちの恋の冒険にまたとない薬味をきかせてくれました！　こうなったら、わたしも最後までお芝居を続けますわ。ねえ、魔王さま、わたしがすべてを投げ出してもあなたはやっぱり望みをかなえてはくださらないのでございますか？」

「意地の悪い女《ひと》だ！」

「たったひとつの願い事とひきかえに、このわたしをそっくり差し上げるつもりなのですよ」

「暗黒の力が渦をまいて煮えたぎる、しかし――もういい、どんな望みでもかなえてあげよう！」

「ああ、とうとう武器を捨てたのですね。では、どうぞ心ゆくまでこの辱なりとなんなりと！」

「そなたはあの男を悪魔の化身だといったが、今はわたしもそう信じたくなってきた。裏切り者め！　こともあろうにわしの城の中で、妻と一緒に寝るとは言語道断だ！」

「まあ、いったいどんな証拠があってわたくしが――」

「黙れ！　まだ白《しら》を切るつもりか、愚かな鵞鳥めが！　奴は夜の闇にまぎれて、一言のあいさつすらせずに去って行った。なぜだ？　それにそなたの襟留めが――母上の形見の品だった――もぬけの空になった奴めの部屋で見つかったし、一方そなたの寝室には、奴の黒い手袋が片一方だけ落ちていたのだ。穢らわしい売女め！」

「ええ、おっしゃる通り、わたくしは穢らわしい女でございましょう……」

「涙など流したとてなんの役にもたつまい。お前は心の底から腐り切っている。わしが父上でなかったことを感謝するがよい。父上ならば、お前のような女は素裸にしてこの檻に閉じ込め、魂も肉体も衰え朽ちはてるまでかまわずにおくところだ。だがわしはそのような暴君ではない。今夜だけは、飲まず食わずで悔恨に身を焦がしてもらいもしようが、夜が明けると同時に解放してやる気になるだろう。だが、それまでには、そなたの心にも少しは分別が生まれていようというものだ。では、わしはもう行くぞ。あと二、三時間もたてば、そなたはここから出してくれと泣き声をたてはじめるだろう。だが、いくら大きな声で叫んでも所詮は無駄だ。その声はとうていわしの耳には届くまい。それよりも、自分の犯した罪を反省し、深くその非を悔いるのだ！」

「噂によれば、その男は悪魔の化身だということだったが、わたしはそんな話を全然信用などしていない。ただわかっているのは、彼がそれまで監視人かなにかに傭われていた老伯爵の城から、まっすぐわたしのところへやって来て、あの城を攻めるのに必要な図面を提供してくれたということだけだ。その図面には胸壁の構造、大砲の配置、最も警備の手薄な扉、破壊しやすい壁、城の測量図、内部の部屋の配置、正確な歩哨の人数とその交替時間など……わたしにとって必要なことはすべて明示されていた。わたしの軍勢は数ヵ月前から一時間内の非常呼集態勢にあったから、その夜のうちに攻撃を開始することができた。結果は、この通報者のおかげで、戦闘は夜明け前に終わりを告げていたよ」

「おめでとう、公爵。ところで、その男は？」

「行ってしまった。煙のごとく消えてしまったよ。もちろん報酬は十分にとらせた。いいかね、男爵、これはここだけの話だが、その後でわたしはひそかに彼を処分してしまうつもりだった。あんなやつをそばに置いてはわが身が危険だからね。だが、あの男のほうが役者は上だったらしい。闘いが勝利に終わると同時に、姿を隠しおった」

「それで、あの槍の先で白いひげを風になびかせている首だが――あれは、今は亡き伯爵のものかね？」

「さよう、わが一族に敵対するものの末路は、みなああなのだ」

「では、戦勝を祝って乾杯を。ところで、あの愚かな老いぼれ伯爵の妻をどのように処分したのかね？」

「伯爵夫人か？　ああ、戦《いくさ》には勝ったものの、唯一の心残りが実はそれなのだ。首を刎ねる前に、あの美しい肉体をなぐさむことを、わたしは楽しみにしておったのだ。だが、おそらく女は前もって攻撃を察知していたのだろう。あの夜城内を隈なく探し求めたがついに見つからなかった。結局、事前に城を脱出したとしか考えようがない。ま、あの女がいずこにいようと、わたしがこれから伯爵の城をどうしようとしているかが、彼女の耳に届いてほしいものだ」

「城を取り壊すつもりなのだね？」

「土台だけ残して完全に破壊し——かつてそこに伯爵の城があったことだけはわかるようにして——その上に城の陥落とわたしの勝利を永遠に記念する巨大な石碑を建立するつもりだ」

「ところで伯爵夫人は今どこにいると思うかね？」

「悪魔だけが知っているさ。あの女には、永遠に続く苦痛の叫び声をあげさせておくがよい」

アルゴ三世の不幸

The Exploits of Argo

1　黒い霊薬

「わたしはそれを〝黒い霊薬〟と名付けました」科学者はいった。「これは、生命を維持する一種の毒薬なのです」

「毒が生命を維持するとは、まさに逆説的だな」アステロイズ（小惑星群）帝国の皇帝、若きアルゴ三世は答えた。

「戦争というものは――たとえ三十世紀の昔の戦争でも――常に生と死という単純な原理に基いております。兵士どもが戦死すれば――それが戦場であろうと宇宙船内の死であろうと――戦争には勝てません。ところが、この黒い霊薬の注射を受けた兵士は、注射後正確に七日間が経過してから死ぬのです。ただし、この七日間には、いかなることがあっても死にません」

「なかなか面白い発明だ」アルゴ三世はいった。「しかし、あまり実用的ではないと思うがどうかね？」

「決してそのようなことはありません。黒い霊薬が血管の中を駆けめぐっている間は、銃弾に撃たれようが、熱光線に焼かれようが、あるいは毒ガスで窒息しようが手榴弾で手足をもぎ取られようが、場合によっては腹を引き裂かれ、内臓が地面にこぼれ出ようが何をしようが、兵士たちは催眠状態にあって、命令に従いながら、冷酷非情に敵に向かって前進することをやめません。つまり、彼らの肉体は七日間いかなる事態に遭遇しても死ぬことができないわけで――それだけの時間があればたいがいの作戦行動は完了できるというものです。そして七日が過ぎた後は、負傷者を入院させ、食物と衣服を支給し、待避宿舎に収容し、最後に除隊手続きをとってやるといった面倒な手間がいっさい省けるので、この上なく経済的でもあります。一方奴隷世界の兵員供給源は無限といってよいほど豊富ですから、百万やそこらの兵士が戦死したところで、彼らが死ぬ前に任務を遂行するかぎり、大勢にはなんら影響がありません。わたしはこの黒い霊薬の完成までに十五年の歳月を費し、何千人という奴隷を実験に使いました。この研究は、今は亡きお父上、アルゴ二世の委嘱によって開始されたものです」

「霊薬には苦痛を殺す作用もあるのかね？」

「残念ながら鎮痛剤を混入しようとすると、薬そのものの効果が減殺されてしまうのです。尊敬すべきお父上は、鎮痛効果の必要性を認めておられませんでした。では、この業績に対して、いつごろ認可を下していただけますでしょうか？」

「今すぐにだ」

科学者は衛兵につき添われて謁見の間を辞した。十五年間というもの、実験室に閉じこもったきりで研究に没頭していたために、彼は新皇帝の人道主義的傾向をまったく知らないのだった。若きアルゴ三世は戦争を憎んでいた。それゆえ、科学者の業績の認可は、彼の目をくり抜き、笞打《むち》ち、生きながら皮を剝ぎ、拷問台にかけ、圧しつぶし、槍で突き、腹を断ち割って内臓をつかみ出し、火あぶりにかけ、最後に首を刎ねるという残虐を極めた形をとっておこなわれた（とりわけ胴体から切り離された後、彼の首は傍におかれた大皿という特等席から、なおも身もだえし続ける首のない胴体を、まるで意味をなさない言葉で何かいいたげにしながら、いつまでも見守ることを余儀なくされた）。これらの刑罰が、黒い霊薬を大量に注射した後でおこなわれたことはいうまでもない。これがおこなわれている間、科学者が何をいいたくて叫び続けていたかは明らかでないが、その言葉を裏打ちするように正確に七日後に絶命したところを見ると、自分の発明した薬を大いに誇りに思っていたものと推測される。

2　長い夜

かつて若かりしアルゴ三世も、今は老齢と過度の快楽を求めた報いで見るかげもなく落魄して、追手からのがれるべくさまよう境遇にあった。人道、自由、フェア・プレイ、多数の意志、アステロイズ的生きかた、あるがままの文明の維持等々といった名目のもとに、彼が一生におこなった数々の残虐行為に抵抗して、今や息子のアルゴ四世に率いられるめざめたる民衆が、彼の一命をつけねらっているのだ。小惑星《アステロイド》から小惑星《アステロイド》へと、休む暇もなく逃げまわる彼のすぐ後を、民衆はどこまでも根気よく追いかけてくるのだった。手のこんだ変装をこらし、整形外科医の手で顔かたちをすっかり変えてしまったところで、アルゴ四世配下の秘密警察官たちの持つ紫外線と赤外線を利用した次元偏光コンタクト・レンズは、たちまちにして彼の正体を見破ってしまうのだ。もはや逃げまわることに耐えられなくなったアルゴ三世は、一度だけすべてを断念しかけたことがあった——しかし、彼自身が定めた最も恐るべき公式の処刑法、すなわち黒い霊薬を注射して七日後に死に追いやる方法を思っただけで恐ろしさに震えあがってしまうのだった。

　やがてついに彼の宇宙船が難破して修復不能になるときがやってきた。彼は闇に包まれたアステロイド・ゼロの凍りついた灰色の砂の上に、最後の逃げ場を求めて這いだした——アステロイド・ゼロとは、人間が一人も住まず、値打ちのある鉱石も産出されず、常に巨大な木星のかげになって太陽光に恵まれないため、草一本生え育ちもしないところから、彼自身がそのように名付けた星だった。アルゴ三世が地を這い進みつつめざす目的地は、《最後の魔法使い》の住む洞窟だった。ほかの魔法使いたちは、アルゴ三世が推し進めた魔術排斥運動の被害をこうむってアステロイズ帝国から消滅していたが、たった一人だけ、アステロイド・ゼロへ逃げて生きのびているという噂があった。アルゴ三世は、その噂が真実で、最後の魔法使いが生きていてくれることを、藁《わら》にもすがりたい気持で祈っていた。

やはり魔法使いは生きていた。病み衰え、着るものはボロボロで裸に近く、不潔に汚れきった吐き気をもよおすほど醜悪な老人ではあったが――ともかくまだ生きていた。「おお、とうとうやって来たな」最後の魔法使いはアルゴ三世を認めるやこの言葉で迎えた。

「わしはべつに驚きはせん。わしの助けが必要になってやって来たのじゃろう？」

「その通りだ！」アルゴ三世は、しゃがれ声で叫んだ。「頼むから絶対に見破られるおそれのない変装を考えてくれ！　頼む、この通り頭をさげて頼んでいるのだ！」

「で、どのような変装をお望みかな？」と、最後の魔法使いはたずねた。

「わたしは、拷問にかけられた魔法使いたちの口から聞いて知っている、人間はみなその姿を変えられる――つまり、適切な呪文によって、狼人間や、犬人間や、鳥人間や、その他どんな動物をも人間の細胞組織の中に封じ込められるということを。そのような動物に姿を変えることさえできたら、わたしは追手に正体を見破られずに逃げおおせることが可能になるのだ！」

「確かにおっしゃる通りだが」最後の魔法使いは答えた。「しかし、かりに昆虫にでも姿を変えて、靴底で踏みつぶされでもしたらどうするつもりじゃな？　あるいは魚に姿を変えたために、この洞窟の中の地面で、水を求めてはねまわりながら死んでゆくことにもなりかねないぞ」

「そうやって死ぬにしても、法によって定められた方法で処刑されるよりどんなにましかしれん」と、アルゴ三世は身震いしながら答えた。

「よかろう」最後の魔法使いは仕方がないといった様子で肩をすくめ、芝居じみたしぐさで片手をうごかしながら、刺すように鋭い声で呪文を唱えはじめた。

これが二九〇四年七月の出来事だった。それからちょうど一世紀後の三〇〇四年七月、アルゴ三世はなおもアステロイド・ゼロ上で生存を続けていたのである。彼は、厳密ないい方をすれば必ずしも幸福であるとはいえなかった。それどころか、今ではむしろ求めて得られない黒い霊薬による死に対して、甘美な夢に包まれた憧れさえ抱くようになっていたのである。アルゴ三世は、最後の魔法使いの呪文によって、きわめて数少ない生物、吸血鬼に姿を変えさせられていたのである。吸血鬼の唯一の栄養補給源は人間の血であったから、最後の魔法使いの肉体から最後の血の一滴が吸い取られると同時に、彼の栄養補給源は完全に途絶えてしまったのだ。飢えと渇きがアルゴ三世の体内で荒れ狂った。それらは今も彼の体内で荒れ狂い、しかも時を経るにつれてますます激しくつのってゆく。なぜなら、吸血鬼は永遠に死の休息に恵まれることのない存在だからである。吸血鬼に死を与えるには木の杭で心臓を刺し貫く方法があるが、アステロイド・ゼロには草一本、木一本生えないのだ。また、銀の銃弾で射つ方法もあるが、ゼロは貴金属鉱をまったく産しない。今ひとつ、太陽光線が吸血鬼を殺すことができる。だがゼロは常に木星のかげになって、太陽の姿を見ることがない。そのうえこの最後の理由は、今ひとつアルゴ三世に大きな悩みの種を与えることになった。すなわち吸血鬼は昼間睡眠をとることになっているのだが、不幸にもアステロイド・ゼロには、昼間というものが存在しなかったのである。

レアーティーズの剣

The Sword of Laertes

その計画はわずか一秒たらずの間にわたしの心に浮かんできたのです。一瞬、全身の血が心臓に逆流し、冷たい汗が背筋をじっとり濡らしました。この気持がおわかりいただけるでしょうか、先生？　わたしは気をとりなおして問題を冷静に検討してみたのです。

最初に心に浮かんできたのはジェフリイ・キャノン、すなわち片時も忘れたことのないライヴァルのことでした。彼は、役者として一段も二段も格が上であることのわたしをさしおいて——わたしは脇役ともいうべきレアーティーズを演じていた——僭越にもハムレット役をふり当てられていたのです。彼の演ずるハムレットがどんな代物だったかご想像がつきますか？　さぞすばらしかったろうですって？　とんでもない、それこそ背筋の寒くなるようなハムレットでしたよ。だが彼には多くの人々の目をくらますだけの図々しさとうぬぼれ、美貌と美声、それに——さよう、これこそ最も強力な決め手なのですが——若さがそなわっていたのです。加えてわたしが一部の批評家に受けることを狙って以前から試みていた演技上の思いつきやコツなどをも、彼はいつの間にかわがものにしてしまっていたのです。

一例をあげれば、オフィーリアに向かって発せられるハムレットのつぎの台詞がそれでした。

これは美しいオフィーリア、女神どの、そのお祈りに、ハムレットが罪という罪の許しをこめてくれ。

何世紀もの昔から、ハムレット役の俳優たちはこの一節を高飛車な命令の言葉と解釈して演じ続けてきたのですが、わたしはこれが謙虚な懇願を表わすものであるという解釈をとって、舞台でそれを表現したのです。すなわち、「……ハムレットが罪のゆるしをこめてはくれぬか？」というニュアンスなのでした。わたしのこの解釈をキャノンはそしらぬ顔でわがものにしてしまったのでした。しかも彼の剽窃行為はこれひとつにとどまらなかったのです。

彼に盗まれたものは、演技上の解釈だけではありません。キャシーにしてもそうでした。あの男は彼女をもわたしの手から盗み去っていったのです。徐々にではあったが、確実なペースで、彼はキャシーの時間や興味や愛情に喰い込んでいたのです。彼女は若かった。彼も若かった。一方わたしはといえば……

わたしは四十すぎの年齢を隠すために捲毛のかつらをつけ、練白粉の仮面をかぶらなければ、若いレアーティーズを演ずることができなかったのです。

その屈辱のため、ハムレットと同じように自殺を考えたことすら何度かありました。死は「それこそ願ってもない身の最後」のように思われたのです。死して一片の土塊と化すれば、もはや嫉妬も屈辱も知らずにすむでしょう。しかし、わたしはこういった考えをたちどころに捨て去りました。なぜならそれは考えというよりは泣き言にすぎず、つまるところは一種の絶望なのだということに気がついたからです。絶望は、昔学校で教わったところによれば、最も重い罪悪のひとつでした。

人間として最も重い罪を犯すくらいなら、それよりも軽い罪、すなわち殺人の罪をあえて犯す決心をしたのです。

ジェフリイ・キャノンがこの世からいなくなれば、演劇全般、とりわけわたし個人に大きな利益がもたらされるという確信を抱くにいたったのです。

そして――この決心が固まった瞬間に――殺人の具体的な方法が頭に浮かんできました。そのヒントを与えてくれたのはほかならぬこの戯曲の作者、つまり、ウィリアム・シェイクスピアその人でした。『ハムレット』中の一節、レアーティーズの台詞、つまりはわたし自身の台詞が霊感を与えてくれたのです。

いかさま師から買っておいた強い毒薬……

という一節が。この場合、いかさま師は、法の網目をくぐって営業している裏街のいかがわしい薬屋でした。問題の毒はアフリカからの高価な輸入品で、原住民が槍の穂先に塗ってつかうものです。長さ二インチほどの密封されたガラスびん一本の値段が三百ドルもしましたが、わたしは少しも良心の呵責を感じずにその代価を支払いました。

薬屋の店を出てから、わたしは街角に立ちどまって、レアーティーズの台詞を思い浮かべてみました。

……とあれば、剣に毒を。いかさま師から買っておいた強い毒薬、それに浸したナイフで血を出せば、かすり傷でも命はない。どんなにきく薬草からとった膏薬でも、こればかりは役に立ちません。この毒を切っ先に塗り、浅い傷でも死ぬように。

やがてわたしはタクシーを呼びとめた。ホテルへ帰る道々、計画を練りはじめました。自分の剣の切っ先に毒を塗っておくのはいとも容易なことです。『ハムレット』終幕の決闘中に、その剣でキャノンの腕を傷つけることはなおさら簡単でしょう。レアーティーズ役をやるわたしとしては、まさに筋書どおりのことをやってのけるだけなのですから。

ただ、問題はキャノンの手にわたしの剣を渡さないようにしなければならない点です。ご存じのように舞台では、床に落ちた剣の持ち主が入れ替わることになっています。その結果ハムレットはレアーティーズの毒を塗った剣で相手に致命傷を与えることになるのです。

しかし、わたしの計画では、この剣の入れ替わりがおこなわれてはならない。ハムレットはふたたび自分自身の剣を拾い上げる必要があるのです。

だが、これもよく考えてみると、さほどの難問ではなさそうに思われました。あの場面ではいつも多少の混乱が起こるうえに、剣の入れ替わりは一瞬のうちにおこなわれるので、それを観客にはっきりわからせるためには、かなり意識的な演技が必要なのです。キャノンが確実にレアーティーズの剣を拾えるように、わたしが自分の剣をことさら彼のほうに投げ出さなければならないこともしばしばあったくらいでした。そのうえ、根っからの大根役者である彼にとって、この場面で要求される演技は常々頭痛の種だったようです。キャノンは終幕が近づくといつもびくびくものでした。ハムレット役者に要求される極度の緊張と精神集中が彼をさいなみ、最後の場面になると、彼の目をかすめていくらでもごまかしができるほど落着きをなくしているのが常でした。事実一度などキャノンはあやまって自分の剣をふたたび拾い上げたことさえあるのです。

わたしは決闘の場面を微細に思い浮かべてみました。結局、レアーティーズの剣をハムレットに渡さないようにすることは、さほど難しくなさそうに思えたのです。

わたしはある高級レストランで、ゆっくり時間をかけてぜいたくな夕食をとりました。スープの前にカクテルを二杯、それからコースごとにワインをとり、食後のコーヒーと一緒にリキュールを一杯といった具合にです。チップもたっぷりはずみました。夕食をすませて劇場へ行く道すがら、知らず知らずのうちに小声で歌を口ずさむほど浮ぎ浮きした気分で、今後はたった一人でわびしい食事をすることもないのだと自分に向かっていい聞かせていました。キャノンさえ姿を消せば、キャシーはきっと戻って来てくれると信じていたのです。

舞台監督はわたしの顔を見るなり、「十分の遅刻だぞ」と怒鳴りたてました。

「いいじゃないか」わたしは軽く受け流しました。

「ぼくが開幕と同時に衣裳をつけ始めても、最初の出番までにちゃんと間に合わせられることはわかってるだろう。それに、レアーティーズの出番は、二場が最初じゃないか」

「酒を飲んできたのか？」

「ああ飲んだとも。ドライ・マティニを二杯、上等のソテルヌとブルゴーニュ、それに極上のドランビュイを少々ね。なにか文句があるかい？」

　明らかにふだんとはいささか勝手の違うわたしの態度に気圧されたのでしょう。彼はそれっきりなにもいわずにその場を離れて行きました。

　楽屋への途中で、わたしはすでにオフィーリアのブロンドのかつらをつけたキャシーの姿を認めました。彼女は実に美しかった。二人が一緒に出る場面で、わたしは彼女に恋しているのではなく彼女の兄なのだということを思い出すのにずいぶん努力を要したものです。そのとき彼女はジェフリイ・キャノンと向かい合って何事かうなずき、顔に微笑を浮かべていました。

　わたしは二人に礼儀正しく一礼して自分の部屋に入りました。

　わたしは手早くメーキャップをすませて、だいぶ薄くなりかかった白髪まじりの頭を、安物ではあるが一分の隙もないかつらで覆い隠しました。それだと少し距離をおいて眺めれば、まだ二十五歳の青年で十分通用します。それに身のこなしに関してなら決してキャノンにひけをとらない自信もあります。わたしは、薄い胴衣と爪先のほころびをつくろった長いタイツを身につけました。そして、ベルトとケープをつける前に、外出着のチョッキから毒薬の入ったガラスの小びんを取り出して掌にそっとのせました。『ハムレット』第三幕の劇中劇の敵役ならここで次の台詞を口にするところだ。

深夜の毒草をしぼり、魔女の呪いを三たびかけ、
三たび毒気に当たった劇薬……

わたしは毒薬の小びんを、化粧セットから少しちぎり取った脱脂綿と一緒に、エリザベス朝風の銭入れの中にしのび込ませておきました。

それから、問題の場面の演技にそなえて気分をやわらげるために、腰をおろして新聞を読みはじめました。

第一場は舞台の袖から見守りました。この場は時間にしてわずか数分という短いものです。幕が降りると同時に、わたしたち第二場に登場する連中は、急いで所定の場所に集合しました。

第二場でもわたしの出番はほんの少ししかありません。この後もう一度ちょっぴり舞台に出るだけで、あとは終幕近くまで出番がないのです。必要な細工をほどこすだけの時間はたっぷりありました。わたしは、周囲にだれもいなくなるのを待ちました――キャノンは舞台に出ているし、ほかの俳優たちは控室で煙草を吸ったりカードで遊んだりしています。舞台監督は照明係に合図を送ることに忙殺されていました。

わたしは小道具台のほうへ近づきました。そこには、酒杯や巻物や、王笏にまじって二ふりの剣が並んで置かれていました。

心臓の鼓動が急にたかまってきます。銭入れの中から毒薬の小びんと綿くずを取り出しました。二ふりの剣のうちどれが自分のものかは容易に見分けがつきます。それらはキャノンとわたしの立場の違いを雄弁に物語っていました。わたしの剣は柄がゆるみ、刃はこぼれ、見るからにみすぼらしい。それにひきかえキャノンの剣は柄もしっかりしているし、刃こぼれもない、いってみればスターの使う剣なのです。この違いはいつもわたしの怒りをかきたてたものですが、このときばかりはいつにも増して腹に据えかねました。わたしはすでに過去の人間なのだから、うす汚れ衣裳、安物のかつら、舞台から遠く離れた楽屋、こわれかかった剣で十分だというのでしょう。だがジェフリイ・キャノンの場合は違う！　この、観客のお気に入り、マチネーの偶像たる金髪の青年には、なんにかぎらず最上の品物を与えようというわけなのです！　舞台に一番近い楽屋がお望みだって？　もちろんお安いご用だよ、ジェフリイ、なにしろきみはスターなんだから！　一晩ごとに黒いヴェルヴェットの衣裳をとりかえたい、そうすれば汗でべとつかないからさっぱりした気分で舞台がつとめられる？　いいともジェフリイ！　新品のフェンシング用の剣が欲しいって――軽くて、ピカピカで、丈夫なやつだね？　もちろんきみの頼みならたちどころにかなえるさ、ジェフリイ！

わたしの彼に対する憎しみは果しなくつのっていきました。わたしの耐えがたい屈辱、そして彼の誇らしい勝利――それは二ふりの剣に如実に示されていたのです。いや、それだけにはとどまらない、彼の男性としての優位――つまりキャシーをわたしから奪っていったという事実もです（つまるところ、フロイドもいってるように剣は男性のシンボルなのでしょう、先生？）。真新しいピカピカの剣。そして、若くハンサムなジェフリイ。確かに、このままではわたしに勝目はない、とわたしは自分にいい聞かせました。彼を殺すのだ。毒で。剣の切っ先に毒を塗って。

舞台では第一幕が終わったところでした。わたしは大急ぎで剣先に毒を塗り、それから洗面所へ歩いてゆきました。そこで残った毒薬を洗面器に流し、ガラスびんは砕いて市の下水道の忘却の彼方に流し去りました。これで証拠は完全に消え去ったのです。

あとはただ登場を待って自分の役を演じるばかりでした。終幕の決闘を待ってキャノンの腕を傷つけ、それから――幕が降りたら――ゆるんだ柄を修理するという口実のもとに剣を自分の楽屋に持ち帰るのです。そこでは他人に邪魔される心配もない。幕が降りた後、押しかけるファンでごったがえしたかつての昔とは事情が違うのです。そこで、わたしは、だれにも見とがめられずに、剣に塗った毒を洗い落とすことができるでしょう。

一方ジェフリイ・キャノンは、ハムレットに扮して舞台で死んだ三十分後に、ふたたび〝心臓麻痺〟による彼自身の死を――今度は二度と息を吹きかえすことのない永遠の死を迎えるのです。心臓麻痺に酷似した効果を招くのが、このアフリカ産の毒薬の特徴でした。

舞台は刻々と進行してゆきました。その日のわたしの舞台はとりわけ見事なものだったとあえて自負しても差しつかえはないでしょう。わたしの演技は気の毒なまでにキャノンを圧倒し去りました。実際今少しシェイクスピアの手助けがかりられたら、この戯曲の主人公がハムレットではなくレアーティーズであるように思わせることも可能だったかもしれません。

やがて鳴り響くトランペットの音が終幕を告げます。

幕があがり、「クローディアス王」がわたしの手をキャノンの手に重ねさせます。われわれは台詞を交わし合い、剣を選びました。わたしが毒を塗ったほうの剣を手にとったことはいうまでもありません。

「さあ、はじめるのだ」王は二人をうながします。

「お前たち審判は、とくと目をくばれ」

われわれは仕合を開始しました。双方がぶつかり合って鋭い音をたて、劇は進行してゆきます。

ハムレット役のキャノンは、「子供扱いしているのか」と、レアーティーズをなじります。

「そういわれるなら」と、わたしは鋭く突き返します。今だ！　わたしは剣を握る指先にぐっと力をこめました。そして「それ、一本！」と気合をかけながら相手の腰に傷を負わせたのです。

この一突きの異様な烈しさに、キャノンは驚きかつ怒りをかきたてられたようでした。彼の腕からは、本物の血が流れていたのです。もうすぐ毒は彼の全身を駆けめぐるのだ、とわたしは心の中で呟いていました。

今やキャノンは、およそシェイクスピアらしからぬ罵言を小声でわめき散らしながら、怒りをむき出しにして剣を突きたててきます。ここで二人は組打となり、両者ともに剣を取り落とします。

すぐさまわたしは彼を押しのけて、二ふりの剣をこの目でしかとたしかめました。今こそ決定的な瞬間なのです。台本に指示された通り、もしここでわたしが相手の剣を拾えば、毒の洗礼を受けるのはほかならぬわたしのほうになってしまいます。

わたしは間違いなくふたたび自分の剣を拾いあげました。

「おい、剣を間違えたぞ」と、キャノンが当惑してささやきました。

「もう遅い」わたしも小声でささやき返します。「そっちのを拾って続けてくれ」

キャノンはいわれた通りにして――生意気にも――故意にその剣をわたしの腕に深々と突きたてました。

「引き離せ」王が叫びます。「双方とも逆上している」

腕の痛みは耐えがたいほどだったが、わたしはいっこうに気にかけませんでした。今や死期の迫りつつある人間に対しては、わたしといえども寛大な気持になることができたからです。

それにしても、今夜のわたしはなんとすばらしい演技をやってのけたことだろう！　最後の台詞――「許し合って、ハムレット様……」――は、自分ながらほれぼれするほど絶妙の出来ばえでした。そして、ついにわたしが舞台で息絶えたとき、嵐のような拍手が観客席から湧きおこったのです。あの音が聞えますか？あの拍手の音が！

わたしは最後の台詞を聞きながら、しっかりと両目を閉じ、微かに息をしつつ舞台に横たわっていました。はげしい疲労感のために、いつまでもそうやって起きあがらずにいたい気がしました。やがて閉じられたまぶたを通して、舞台の照明がしだいに暗くなってゆくのを感じました。「おやすみなさい、王子様」と、ホレイショーの声が聞えています。「天使の歌声に導かれて、憩いの空に！」続いて幕の降りる気配がし、観客席に拍手が湧きおこりました。

わたしはすぐに立ち上がってカーテン・コールにそなえました。熱烈なるかっさいの嵐です。わたしの演技がいかに真に迫っていたかという証拠に、心臓は激しく高鳴り、額は汗におおわれていました。

最後のカーテン・コールが終わると同時に、わたしはぐったりとなって思わず溜息をつきながら――実際それはかつて経験したことのないほど底知れぬ疲労感だった――自分の剣をとりに舞台わきの小道具台のほうへ歩いてゆきました。剣は前と同じように、並べて置かれています。だが、自分の剣に手をのばした瞬間、わたしは身も凍るようなある事実に気づきました。

　なんという愚かなことを！

　フロイト学説を信奉する人々にいわせれば、わたしが殺そうとしていたのはほかならぬ自分自身だった。それ故に間違った剣に毒を塗ったのだということになるかもしれません。確かに自殺の誘惑が常時わたしの心に巣喰っていたことは事実です。またある人々は、わたしがキャノン自身と彼の剣をあまりにも緊密に結びつけて考えていたがため、彼の剣に毒を塗ることによって象徴的に彼を殺したのだというかもしれません。これもなかなか興味深い意見ではあります。あるいはわたしの手を自分自身の破滅に導いたのは神の裁きにほかならないと断ずる人もいるでしょう。それにもまた傾聴すべき点はあります。

　いずれにしても、皮肉なことだとは思いませんか、先生？　わたしは自分自身の裏切りによって死のうとしているのです。人を呪わば穴二つとはまさにこのことではないでしょうか。まさに絶好のテレビ向き台本です。ただ、わたし自身がそれを演《や》れないことだけが心残りですが。

　では楽屋から人払いをして、そろそろ牧師を呼んでいただけませんか？　大急ぎでお願いします。もはや残る時間はわずかです。レアーティーズの台詞を少しばかり変えていうならば、「半時間とはもたぬ命です」

モンタージュ

Montage

　文化英雄、S・L・ポリチェフの最後の重要な著作、『集産主義《コレクティヴィズム》映画論』の改訂新版が準備されつつあった。旧版と改訂版の違いはその削除部分にあり、現在では好ましからざる人物《ペルソナ・ノン・グラータ》であるとの評価が決定的になった人々の名前と彼らに関する記述が、全面的に姿を消していた。この著作の改訂新版を刊行するという突然の決定は、最近、人民劇場で催された《ロベスピエール》のプレミアの直後におこなわれた。しかし、この物語をそこから始めるのはおそらく不適当だろう。一番うってつけの発端の場面は、《ロベスピエール》のプレミアより一週間前の、ワシロフ賞の受賞三度におよぶある名誉芸術家の、乱雑をきわめたアパートの一室かもしれない。

　その日はことのほか寒気がきびしく、朝の九時には粉雪が宙に舞っていた。名誉芸術家は朝食のお茶を注ぎながら、その雪を窓ごしに眺めることができた。アパートの部屋は寒かったが（せっかくの暖房設備も四階ではあまり効果がない）、にもかかわらず、そこには巧妙に計算された乱雑さの魅力と居心地のよさが溢れていた。

　周囲の壁には写真や絵がところかまわず貼られ、キャビネットの上には古い雑誌類が山のように積まれ、テーブルの上、椅子の上、そして床にまで開かれた本が散らばっている——そういった環境に埋もれて、ゆっくりと地面に舞い落ちる雪片を眺めていると、部屋の居心地のよさが一段と増すように思われた。この部屋の住人は熱いお茶を用心深くすすりながら、美しい雪の眺めを嘆賞し、同時に一方ではその独創性の欠如にうんざりしていた。窓の外をヒラヒラと舞い落ちてゆく雪――それはなんという陳腐なイメージ、ありふれたショットであることだろう！　だが窓外の雪そのものはきわめて常套的にすぎないとしても、それを常套的でなく表現する撮影方法はきっとあるはずだ。たとえばそれをネガティヴで表現する……黒い雪片……。そう考えて、彼はつまらなそうに肩をすくめた。結局そんなことがやれるのはコクトーぐらいのものだろう。いや、おれもいつかはすばらしい雪の表現法を思いついてみせる。だが、いつそれを実現させようというのか？　来週の今ごろ、おれは名誉失墜の烙印をおされていることだろう。いや、もしかしたら、そのころはもう生きてさえいないかもしれないのだ。

彼は深々と溜息をついた。それから、かたわらの床に落ちていた《文化評論》誌のバック・ナンバーを拾いあげて、細かい活字でぎっしりと批評が組み込まれたページをペラペラとめくっていたが、やがてチェフキン・メダルの受賞者、M・ボリソフ執筆の記事のところでページを繰る手がとまった。はじめはところどころ拾い読みする程度だったが、やがて彼の視線は、途中から現われた自分の名前にぴたりと吸い寄せられた。

……一方、アレクセイ・ゴロディンは、依然として自己の気まぐれに引きずりまわされている。彼の気まぐれが、いささかなりとも人民の幸福に思いをいたすものであれば、この態度は賞讃されるべきであろう。しかし、評者はここで質問を発したい、はたして彼の意図はそのようなものであろうかと。最近作《ヘリオガバルス》は、この皇帝の治下におけるローマ帝国の部分的崩壊の唯一の原因が、皇帝自身の内部にあったことを描こうとした作品のように（少なくとも評者には）見受けられる。この解釈は言葉数こそ少ないが、淫蕩をきわめた皇帝の生涯に力点をおいて描くことによって、強く前面に押し出されているからである。この映画は、ローマ帝国が単に一個人の犠牲ではなく、国家自体の頽廃せる構造の犠牲でもあったということを、いささかでも暗示しているであろうか？　そこには一片の社会的良心の感情なりとも存在しているであろうか？　つまるところ、この映画には、堕落せる一個人内省的な肖像画を描き上げるという無益な努力以外の何があるだろうか？……

ゴロディンは途中の記事をかなりとばして——なぜなら、もうすでに何度となく繰り返して読んでいるし、記事自体はもったいぶった表現にばかりよりかかった内容のないものだったからだ。それに、《文化評論》の活字は細かく、彼の衰えた視力には少々荷厄介だった——最後の致命的な一節に精神を集中した。

このような過度に個人の趣味嗜好に偏った作品は、資本主義国の映画作家たちにこそ期待さるべきである。わが国の映画作家諸氏に期待さるべきは、集産主義リアリズムに立脚したより偉大な芸術感覚以外の何物でもない。ゴロディンはかつて人民にとって大きな意義をもつ数々のすぐれた作品、すなわち偉大なる道路建設者ワシリエフや、動物生理学者ムロチェンコや、白熱電灯の発明者チュロフキンなどの業績を描いた作品を発表している。また、革命フランスにおいて、死刑の宣告を受けた貴族たちをひそかに国外へ救出する王党派の〝英雄〟に新しい角度から照明を当てた『紅はこべ』の輝かしい翻案作品の成果を、良識ある人間は永久に忘れ得ないであろう。ゴロディンは、人民の正義を阻害するこの邪悪なる反革命的シニックの仮面を、確信をもって引き剝がしたのである。しかるに近年、ゴロディンの芸術は民衆の関心と諸々の問題からいよいよ遠ざかり、形式主義の深みにはまり込んでゆく傾向がある——その結果としてますます建設的な意義が失われ、われわれの社会のイデオロジカルな活力に対する貢献の度合は低下する一方である。評者は名誉芸術家アレクセイ・ゴロディンの反革命的傾向を糾弾することを潔しとしないが、あえてひとつの質問を呈したい。われわれの社会では、このような労働者をはたして必要とするであろうかと。評者はそれをはなはだ疑問に思うのである。

ミハイル、ミハイル、とゴロディンはものうげに話しかける、きみはいったい何をいっているのだ？　きみには自分でいってることの意味がわかっているのか？　彼は上のほうに視線を向ける。昔の友人たちや、同僚たちや、学生たちの写真が壁にかかっていて、上から彼を見おろしている。その中の一人——黒い目をして、唇をきっと結んだ演出科の若い学生は、かつてはゴロディンの生徒であり、かなりの才能のひらめきを見せたこともある。その才能は、まったく独創的とはいえないにしても、はなはだ興味深い二つの作品を生み出した。その作品に関しては、ポリチェフすら著書の中でゴロディンと同じ個所で論じている。（「…彼の作品は、これまでのところ、偉大なる師の作品から深い影響を受けた注目に価する小粒の才能をしめしている。試みに挿入写真四五、四六を三七、三八、三九、一〇一、一〇二、一七七、一九〇と比較してみるがよい……」）そして、写真の献辞は、《心からなる尊敬をこめて、わが師に捧ぐ。あなたの生徒、ミハイル・ポリソフより》とあった。

ミハイル、とゴロディンはなおもひとりごとをつづける、きみは自分のいってることの意味がわからなくはないはずだ。ポリチェフの著書の中の言葉は、ずっと以前からきみの心に鋭い刺《とげ》のようにつきささっていたんだね？　きみはわたしの影になって〝小粒な才能の持ち主〟とみなされ、師の忠実な模倣者とみなされることに我慢がならなかった。だからこそきみは不機嫌な渋面をつくり、映画を作ることが責務であるはずなのに、それをしないで文字を書きつらねはじめた。ああ、ミハイル、きみはいったいなぜわたしをこれほどまでに憎むのか？　わたしはもう老人だ、おそらく今後作る映画は、多くて一本にすぎないだろう。自然の摂理には抗しがたく、もうすぐきみを覆い隠す影すら投げかけることができなくなる存在なのだ。その老人の作品に悪罵を投げつけたとてどうなるというのか。わたしの存在にかかわりなく、きみは所詮いうところの小粒な才能にすぎないのだ。だが、そのこと自体は悪いことだろうか。だれもかれもが偉大な才能の持ち主でなければならないというのか。わたしはむしろ自分の人生に多くの喜びと楽しみを与えてくれた小粒な才能に対して、大いに感謝している。偉大なる才能ばかりがひしめき合っていたとしたら、この世はさぞ息苦しく味気ない場所になってしまうだろう——人はそれで窒息させられてしまうことにもなりかねないのだ。しかし、きみという男は、とうてい物事をそういう角度から見ることはできないのだろうね。

ゴロディンは、この数年来、声に出して自分自身に語りかける癖に——首を絞められでもしたような不明瞭な声で何事か呟きながら、時おり熱っぽく両手をふりかざす妙な癖にとりつかれていた。今も自分でそれとは気づかずに、いつの間にかその癖を出していた。

「ミハイル」彼は壁の写真に向かって話しかける。「きみは恐ろしい男だ！　きみがこの記事を書いた真意は、わたしを失脚させることにあったのだ！」ゴロディンは手にした雑誌を写真のミハイルの鼻先に突きつける。「このつぎに書く文章で、今度こそはわたしに止めを刺すつもりなのだろう、え？　それというのも、《ヘリオガパルス》ほど無害な伝記映画ですら、きみをしてこのように情け容赦なく老いたる師を糾弾させるのなら、来週人民劇場できみたちジャーナリストを招待しておこなわれるわたしの新作の特別試写は、いったいきみにどんな受け取り方をされるか、まるで想像もつかないというものだ」ゴロディンは皮肉な笑いを浮かべた（彼がかつては俳優だったことをここで思い起こしていただきたい）。「いいかね、ミハイル、今度の新作《ロベスピエール》には、主人公がフランス人民の救済者として描かれる場面が——少なくとも一カ所は——ある」ゴロディンはさも楽しそうに声をたてて笑った。「その場面を見たら、きみははたしてどういうだろうかね？　きみはえたりとばかりわたしの血を求めてわめきたてるだろう。そしてきみが何もいわなければこの作品になんら危険な思想を見出さないような人々さえもが、新しい視点でこの作品を見るようになるだろう。新しい視点、それはつまりきみの視点だ。それからどうなるか？　逮捕、訊問、公の場での告白、そしておそらくは不名誉な死の運命が待っていることだろう。いずれにせよ、そうして一人の人間の名前が人々の記憶から消えてゆくのだ。それがきみの狙いなのだろう？　そう、それに決っている。きみはすでにゴロディンの栄光の重みを自分の肩のあたりに感じているのだ。胸にぶらさがったワシロフ賞のメダルが鳴る音を、きみの耳はすでに聞いているに違いない。だがそれは虚しいことなのだよ、哀れな野心家のミハイル。きみの人生は、わたしが消え去ることによって今よりもバラ色に輝くと思うかね？　もしそう考えているとしたらそれは間違いだよ、ミハイル。今きみの魂を蝕んでいる不平不満は、なにものによってもやわらげられることがないのだ。わたしが存在しなくなれば、きみはすぐにまた新しい羨望の対象を見つけ出さずにはおかないだろう」

　ゴロディンは立ち上がってゆっくりと窓ぎわへ足を運んだ。もはや窓外の雪を眺めてはいない——ただ窓ガラスにうつった幽霊のような自分の顔に目をこらしているだけだ。妥協に甘んじる顔だ、と彼は自分に話しかける。考えてみれば、わたしはミハイルと比較して大差のない人間ではないのだろうか？　ミハイルは不愉快きわまる党の代弁者にすぎない……。

「……では自分はいったいなんなのか？　日和見主義《シッター・オン・フエン》者《スィズ》で、特に新鮮味もなければ愚劣でもない曖昧な映画の作者で、〝集産主義リアリズム〟という厚い毛布に自分の作品を包み込んで窒息させることによって、必死に自分の命にすがりついているおびえきった老人にすぎないではないか。結局はミハイルと同じ党の代弁者にすぎず、ただ少しばかりタイプが違うというだけのことなのだ……」彼は冷たい窓ガラスに額を押しつけた。「……そのうえわたしは愚か者だ。これ以前に傑作といわれるものを創らなかった大馬鹿者、死ぬ前に決定打を与える最終通告のような偉大な映画を創り出すことのできなかったぼんくらなのだ」

　ガリレオをあつかった映画をつくりたいという彼の夢は、山のような資料――この偉大な計画のための書き込みの注や、スケッチや、ダイアローグなどでふくれあがったぶあつい紙ばさみの中で朽ちはてている。それは、もし実現していればどれほどすばらしい作品になったことか！　ミーチャにとっても（彼の視線はこの英雄的に前進する俳優の写真に向けられる）、ニッキにとっても（そして彼お気に入りのこの有名なカメラマンの自画像写真を愛情こめて眺める）、それはまたとないチャンスとなったことだろう。それから、彼は今一度これらにはさまれた写真――わが師に捧ぐ――に視線を向けて、顔をくもらせる。ミハイル・ボリソフのせいで、彼はガリレオを映画化することを恐れた。ボリソフの入れ智恵によって、警察がその薄い反教権的被膜の内側を見通し、あまりにもよく知られすぎた物語――すなわち、拷問をちらつかされたために自己の信念を曲げざるを得なかった一人の人間の物語、何世紀にもわたって秘密警察の密室の中で絶えず繰りかえされてきた物語を見破るのが恐ろしかったのだ。このような作品は観客の魂に働きかけて、彼らにいろんなことを考えさせずにはおくまい……。

「この世には命を賭けるに価するものがきっとあるはずだ。《ロベスピエール》にはそれだけの値打ちはない。《ロベスピエール》には真の意味で煽動的な要素はひとつもないのだ。ただ、ミハイルのような犬の嗅覚を持った人間だけが、この厚い果肉の中からわずかな真理の核をほじくり出すだろう。《ロベスピエール》のために死を選ぶこと――それは所詮無意味な死というものだ。だが、目隠しされた民衆の心を揺り動かすことのできる映画のために死ぬことは……」

ゴロディンは片手で顔を覆った。ガリレオのために死ぬことは決して無意味ではない。「だが、結局わたしは《ロベスピエール》のために死ぬはめになるだろう。それはわたしの人生同様に空しい徒労の死だ」

彼はふたたびボリソフの肖像写真を見あげた。きみの妨害さえなかったら、事はきわめて容易に運んでいたはずなのだよ、ミハイル。《ロベスピエール》は疑われずにすんだかもしれないし、ガリレオですら作者の真意が暴露される以前に、十分その役目を果すだけ上映の機会を持てたかもしれないのだ。だが、今となってはガリレオが映画化される可能性はまったくあるまい。それもすべてきみのせいなのだ。

「きみか、しからずんばわたしということになる」ゴロディンは悲しげな口調で呟いた。「結局行きつくところはそれなのだよ、ミハイル」

人民劇場の映写室に立ち入りを許されているのは、映写技師、劇場支配人、掃除婦、それにアレクセイ・ゴロディンだけです。もちろんゴロディンといえども、正式には立ち入りを許可されているわけではありませんけれど、あの方にはたいていの人間を抵抗できなくさせるような何かがあるのです。いわばたった今第一線の美人女優の癇癪をなだめすかしたかと思うと、つぎの瞬間には素朴なトルクメンの農夫からすばらしい演技を引き出すことのできる人物というわけで、彼には彼流のやり方があるということを、世間も認めているのです。ゴロディンにはそれだけの人間的魅力と説得力がそなわっているようです。また彼には上着の襟に晴れがましく留められたワシロフ賞の三個のバッジがあります。この賞はパーティ会場のコップ敷きほどに濫発されることをだれでも知っているチェフキン・メダルなどとは違って、受賞者も数少なく、それだけに映写技師といった連中に与える威圧感は大きいのです。

同志ゴロディンのような名誉芸術家が女性技師のい

る映写室に姿を現わすのは、いってみれば何か特別なことがあるときだけです。それは毎日あることではない、しかも彼がにこやかに微笑しながら、親しみをこめてあなたの頬をつねったり、煙草をとりだして一本すすめたりするとき（映写室内は禁煙なのでその好意を受けるわけにはいきませんが）、あなたはいったいどんな態度を示すか――たとえば彼の襟首をつまんで外へほうり出したりするでしょうか？　まして彼のようにある分野で偉大な人物と見なされている人に（そういう人間は概して自尊心が強く、傲慢なものと考えられがちです――しかしそれは輝かしい人民革命以前の話であって、最近はそんなことはないし、まして同志ゴロディンには絶対にあてはまりません）、突然下手に出られてじっと目をのぞき込まれ、たいそう愛想のよい猫なで声で、民衆のための映画芸術を可能にするのは、監督、俳優、脚本家、カメラマン、デザイナー、フィルム編集者のいずれでもなく、黙々とリールを回し、光源をともし続ける見えざる闘士、讃えられざる労働者、つまりほかならぬあなたがた映写技師なのだなどとお世辞をいわれたら……彼を立入禁止の映写室から追い出さずにおいたところで何ほどの害があるというのでしょうか？　もともと今夜のは正規の映写ではなく――特別試写会はあすの晩の予定です――一階席に散らばっているわずかな人数の批評家たち、ヴルジャシヴィリだとかボリソフだとかいう人々のためのプレス試写にすぎないのですから。彼らを除けばほかに観客はいないし、ゴロディンが映写室に入り込んだことはおそらく誰にもわかりっこないでしょう。それに、結局のところこれは彼の作品なのです。しかもすぐれた作品なのです。これから映写する映画を作った監督にすぐそばにいてもらって、あれこれ細かい指示を聞くことは何かと作品理解の助けにもなるでしょう。例えば、ごく自然に動いているように見える群衆シーンも、実は綿密な計算の上に立って何度もリハーサルを繰りかえし、ボリショイ・バレーのような振付けに基いているのだとか、このモンタージュは――

モンタージュを知っているかね？　モンタージュとは――彼はどう表現していたかしら？――前もって関連づけられていない複数のショットをつなぎ合わせる際に起こる現象のことだ。この映画におけるモンタージュは、完璧なタイミング、際限のない場面推移、暗示に富んだ相互の結びつき、それにドラマティックな対照の妙を特徴としているのだよ、きみ。ゴロディンは映写技師のわたしを相手にして以上のように説明してくれたのでした。作品名は《ロベスピエール》で、主人公（すなわちロベスピエール）が、ダントンと呼ばれる頑固一徹の男と激論を交わすすばらしい場面がありました。

ダントンの台詞。『では、カミーユ・デムーランまでもが断頭台にのぼらねばならぬというのか！　どんな罪で？　きみは、わたしにどんな人間と思われているかわかっているのか？　これだ！』彼は相手の顔にカッとつばを吐きかける。場面は一転してロベスピエールの顔のクローズアップ、その頬からつばが滴り落ちる。『わたしがフランスの法律だ』ロベスピエールは冷やかにいい放つ。『きみでもなければ、デムーランでもない』『では、フランス人民をも否定するのか？』と、ダントンが問いつめる。

カメラがじっと静止して怒りでこわばったダントンの顔を写しつづける間に、ロベスピエールの無感動な声が答える。『人民などというものは愚昧な羊の群れにすぎん。デムーランの罪がなんだというのかね？　彼は有罪だ――いうまでもなく、わたしの不興を買うようなことをしたからだ。〝彼は人民の敵だから死ななければならぬ〟と糾弾することが、わたしにとってははなはだ好都合なのだ。もしきみがわたしを非難しようとするのなら、まずその前にわたしを後悔させ、デムーランのために涙をながすのを見るがよい――だが、それは所詮無駄なことだ。さあ、もう引き取ってくれたまえ、わたしは忙しい体なのだ』ここでふたたびロベスピエールの顔のクローズアップ、彼は頬に吐きかけられたつばを静かに拭いとる。フェイド・アウト。まったくすばらしいシーンでした。

　同志ゴロディンもおそらく心中ひそかにそう思っていたのでしょう、半身をのり出してじっとそのシーンを凝視し続けています。彼は一言も発しません。登場人物の動きのひとつひとつ、彼らが口に出す言葉の一音節一音節を、丹念に追いかけているように見えます。脇目もふらずに眺め続け、ほとんどその出来栄えを懸念しているのではないかと思われるほどでしたが、やがてそのシーンが終わると、おもむろに微笑を浮かべながらわたしにウィンクをし、煙草をすすめてくれました……こんな偉大な人物の好意をうけて、彼の気持を傷つけるような危険をおかす必要があるのでしょうか？　そう判断してわたしは差し出された煙草を受け取り、彼と一緒に吸いました。それはなんともいえずうまい煙草でした。

　やがて間もなく映画は終わりました。一階の批評家たちは、それぞれ《ロベスピエール》の批評を書くために席を立ちます。わたしも映写室を閉めようとして立ちあがったのですけど、同志ゴロディンがふたたび気がかりそうな表情を浮かべているので、なにかお困りのことでも、と訊ねました。ロベスピエールとダントンのある一シーンが心にひっかかっているのだということです。まだ完全とはいいきれないのだそうです。彼は深い溜息をつきました。試写会は明日に迫っているので、もはやフィルムに手を加える時間の余裕はない。でも、そのシーンをほんの少しカットするだけですむことなので、そのままにしておくのはいかにも心残りだ、と彼はいうのです。もし編集をやりなおすとすれば、必要な道具はすべて映写室内に揃っている。もしかして……？　だが、もちろんわたしはここで強い態度に出なければならない。もう映写室に鍵をかける時間なのです。家へ帰らなければなりません。家族も待っている。すると彼は、例のにこやかな微笑を浮かべて、夫の名前や子供たちの年齢をたずね、夫婦関係について少しばかり品のない冗談をいってから、もう一本煙草をすすめました。いっそ箱ごとそっくり差し上げてもかまわないよ、どうせ家へ帰ればまだほとんど手つかずのカートンがあるし、医者に喫煙量を減らすようにいわれているところだから、アドレスを教えてくれればあとでまとめて送ってあげてもいい、べつに遠慮はいらんさ、どうせ家へおいといても湿気を吸って駄目になってしまうだけだもの……。そういったやりとりの間に、同志ゴロディンは早くも上着を脱ぎ、シャツの袖をまくりあげて、フィルムをカットする仕事にとりかかっていました。

そんなとき、ゴロディンのような尊敬すべき人物に対して、あなたならいったいどういう態度に出るでしょうか？

「アレクセイ・ゴロディンの信念に関して、これまでいささかなりとも疑わしい点があったとすれば、その疑惑はいまや確信に置きかえるべきことがはっきりした。今夜人民劇場において公開される彼の新作中の一場面は、とりわけ驚くべきものである。それは、反革命議員デムーランのさしせまった処刑について、ロベスピエールとダントンが議論を交わすシーンである。このシーンで描かれるロベスピエールの態度は残虐きわまりないものであり、その動機はまたこの上なく卑劣である。この革命家の人間像に対するゴロディンの解釈は悪魔的なまでの曲解に満ち……」

ゴロディンは《文化評論》の最新号を小さく折りたたんでポケットにしまい込んだ。きみはまたとない適切な言葉を選んでくれたよ、ミハイル、と彼は声に出して呟いた。まったく、わたしにとってはこの上ない幸運だ——おそらくわたし自身が書いたとしても、これ以上適切な評言を選ぶことはむずかしいだろう。ゆっくりとした足どりで人民劇場の入口を通り、観客席の最後列から自作の映画を見まもる彼の口許には、しだいに意味ありげな微笑が拡がっていった。ボックス席には、政府高官たちが礼服に着飾ってずらりと控えていた。ゴロディンはロベスピエールとダントンが登場する問題のシーンを待った。

『カミーユ・デムーランも断頭台にのぼらねばならない』と、ダントンがいう、だが彼はロベスピエールの顔につばを吐きかけはしない。

ロベスピエールの顔の大写し。『彼は有罪だ。キラキラと光る液体が彼の頬を濡らす。『彼は有罪だ。人民の敵だから死なねばならぬ。わたしがデムーランのために涙を流すのをよく見るがよい』そして、彼は片手をあげて頰を伝わる涙のようなものを拭う。

そのシーンが終わると同時に、ゴロディンは劇場を抜けだして家へ帰り、心ゆくまで眠りをむさぼった。

翌朝、おそい朝食をすませてから、彼は電話をとって《文化評論》の発行所を呼び出した。

「同志ボリソフを頼みます」

「どなたですって?」と、交換手がきき返した。

「ミハイル・ボリソフですよ。もし不在なら、連絡先を教えてください――」

「お気の毒ですが、ミハイル・ボリソフという人は知りません。番号間違いにちがいありませんわ」交換手はそう答えるなり、うむをいわさず電話を切ってしまった。

ゴロディンは、いったん受話器をおいたが、すぐにまた別の番号を呼び出した。「ニッキかね? 大至急会いたい、今日の午後はどうかな? 新作にとりかかりたいんだ。今度のは掛値なしの大作だから、できるだけ早いところ打ち合わせを始めたい……。いいとも……。ああ、だが、わたしは終わらないうちに出て来てしまったよ。きみもいたのか? まあ、あれでうまくいったと思うよ……。いいや、批評なんぞ読む気もおこらんさ――いずれにしても、今度こそボリソフはぐうの音も出ないだろう」

永遠の契約

Booked Solid

カウンターでわたしの隣りに坐って、ビールを飲んでいたエド・キーリーが、記憶をたどって日付をはっきりさせた。「あれは十月十日のことだった。シカゴでの初日が十一日で、たしかその前日の午後のことだからよくおぼえているんだ」

そのころエドは、数年前に書かれたヴァージル・レスリーの喜劇『短いろうそく』の舞台主任をつとめていた。「おれたちはそのとき、ハーウィン劇場の舞台裏にいたんだ。ちょうどシカゴで傭った第三幕のエキストラ連中の通し稽古が終わったばかりだった。このゼブロフスキーという娘もそのなかの一人だったよ。メイドの役だったが、ちょい役で、台詞はぜんぜんなかった。ところが一通り稽古がすむと、彼女はおれのところへやって来て、どうしてもジュリーの役をやらせてくれといってきかないんだ。あの芝居を知ってるかね？　例によってレスリー調のちゃちな作品で、はじめの二幕では彼自身、それにウィンとロレーンの三人がありふれた台詞でかけあいをやり、なんとも騒々しいドタバタ調の第三幕の、おきまりのパーティの場面で、新しい登場人物が大勢現われるといった趣向の芝居さ。ジュリーというのは三幕で初めて登場する人物の一人で――大して重要じゃないがなかなか小味なところのある役だ。ワイルドの『ウィンダミア夫人の扇』に出てくるダンビーという人物をおぼえているかね？　台詞の数は決して多くないが、口を開くと、小粒な宝石のように光るという役柄さ。ま、このジュリーというのもちょうどそれと同じような役だと思えばいい。ロンドンでは、シビル・ダンリーがこの役を演じた。いってみれば彼女のようなすぐれたコメディエンヌを必要とする役なんだな、これは。ところがニューヨークや地方巡業では、キューと道路の穴の区別もつかないおつむは少々頼りないがバストだけは三十八インチもあるという染めたブロンドの女優がジュリーに扮していた。つまりその娘《こ》は最も有力な劇場後援者の友達だったのさ」

こんなときに、自分が住んでいる演劇の世界のしきたりを、奇妙に堅物めいた口調で慨嘆するのがいかにもエドらしいところだった。

わたしがその慨嘆に調子を合わせて、不満そうに唸ったり、わけ知り顔でうなずいたりしてみせると、彼はビールのおかわりを注文してふたたび話を続けた。

「とにかく、彼女はジュリー役が最低だと思っていたし、おれに向かってはっきりそういいもした。そしてジュリーの役をいっそ自分にくれと、このおれに頼むんだな。『いいかね』と、おれはいってやったよ。『たかが舞台主任にすぎないこのおれに向かって、役替えを要求するなんて無茶な話だよ。そんな話なら、おれじゃなく演出家にしなくちゃ』もちろんこの場合、演出家は芝居の作者であり、三人の主演俳優の一人でもあったヴァージル・レスリーご本人さ。すると、『彼はわたしに会ってくれるかしら?』と彼女がきくんだ。『さあ、おそらくだめだろうな』『お願いだからわたしに力をかしてくださらない、キーリーさん。わたし、ジュリーの役を手に入れるためならどんなことでもするつもりよ』ときたよ。ちょうどそのときだったな、おれが初めてあの男を見たのは」

「あの男って?」

「ジョー・ダンさ」

ついに、キーリーのインタビューは徐々に核心に迫りつつあった。彼のとりとめのない思い出話は、しだいに焦点を結びはじめていた。

「彼はそのとき楽屋裏にある電話ボックスへ入り込んだところだった。彼の存在に気がついたわけは、ほかでもない、どこかで見たことのある顔のような気がしたからなんだ。どこで見たかはっきりは思い出せないが、ロスからマーブルヘッドまでの劇場や酒場や競馬の賭け屋などでよく見かけた顔にちがいなかった。痩せ型で、唇なんか肉がまるでついてないんだ。目だってあるかないかわからないぐらい細い。おれはおそらくゆすりかなにかで食っている人間だろうと見当をつけたよ。芝居もののかんでは、まさにその役柄にぴったりのご面相だった！　一方女のほうはあいかわらずしつこく食いさがってくる。『あなたからレスリーさんに口をきいてくれたら、きっと会ってくれると思わない？』おれは面倒くさくなったからはっきりいってやったよ。『いいかい、おれは下っぱもいいところだ。レスリーはおれの名前を聞いたって、二度考えなきゃ顔も思い出せないだろうよ。それに、契約というものがある。いきなり彼女をくびにでもしたら、たちまち告訴騒ぎだろう』ただ、おれはニューヨークにいるブロンドの友達の有力者のことには触れずにおいた。すると彼女はまたなにかいいたそうにしたが、そのときちょうどうまい具合に電話が鳴った。電話は舞台の反対側のはしにあり、役者の一人がそれを取りついでくれた。パッド・ガーハードという執事役の年寄りの役者だが、これがたいそう気のいい男でね。『あんたに電話だよ』と彼が呼んでくれたので、おれはいいしおどきとばかりその場をはなれたんだ。

　電話の相手はすぐにわかった。最初の一言を聞いただけで、髪の毛のうすくなりかかった、あから顔の小ぶとりの男で、およそそういうタイプには似合わない英国製のツイードをいつも着ている姿がすぐに目に浮かんだよ。その男というのが、ほかでもないブロンド女優のパトロンだったのさ。おれはニューヨークにいる間に、楽屋裏で何度も彼と顔を合わせていた。電話はニューヨークからの長距離で、ブロンドと話がしたいから呼んでくれという用事だった。ちょうど彼女は楽屋口にいて、ミンクのストールを肩にかけながら、一座の若い俳優と一緒に外へおでかけになろうとしていたところだったよ。おれは彼女に声をかけた。

　その晩十二時三十分ごろ、レスリーから電話を受けたことを除けば（一座の連中はみんな街へ飲みに出かけていたが、おれは一人部屋に残って本を読んでいた）、そのことに関しておれが知ってるのはこれで全部なんだ。レスリーは、翌日の晩までにプログラムに一個所追加するよう印刷の手配をすることと、午前十一時からもう一度第三幕のリハーサルをやるから俳優たちを集めておくようにとだけいって電話を切った。プログラムに追加する文章というのは、《ジュリーの役はリリス・ケインによって演じられます》という一行だった。

ところが、後になってリリス・ケインとは例のゼブロフスキーという娘だということがわかったんだ。これには実際驚いたね。あくる日のリハーサルのときの彼女はすばらしかった。大した美人だし、落着きはあるし、それになによりも喜劇を演じる呼吸を完璧に身につけているんだ！　まったく、あの晩ほどよく笑ったのは生まれてはじめてだった。おかげで最後の幕全体が活気づいて——おれは、レスリーがウィンとロレーンに向かって、彼女はシビル・ダンリーにも引けをとらないといっているのを聞いたよ」

「で、彼女にはそれ以前にどの程度の舞台経験があったのかね、エド？」

「ああ、ある晩彼女が楽屋で話してくれたよ。大したもんじゃなかったそうだ。演劇学校に三年、夏季劇団で二夏ばかりやっただけだが、こいつは彼女のお気に召さなかったようだ。何年間も夏季劇団でくすぶっているようなアマチュア女優とはわけが違う、という気持だったんだな。一刻も早くチャンスをつかんで浮かび上がることを望んでいた。舞台は狭苦しく、床はきしみ、ガラガラ音をたててカーテンを巻きあげる家畜小屋のようなボロ小屋で芝居をするのはもう飽きたというわけさ。それに、ぜんぜん舞台に反応をしめさないねぼけた夏興行の観客にもうんざりしていたんだな。彼女はそれに我慢ができなくなってしまった、とにかくなかなかの野心家だったことは間違いないよ」エドは言葉を休めて、考えこみながらビールを一口飲んだ。

「だいたいこんなところだ。これが故リリス・ケインの誕生のいきさつだよ」

エド自身も認めたように、リリス・ケインに関する話はこれで全部ではない。だが、彼の口からはそれ以上何も聞き出すことができなかった。そこで、足りない分は、すごく頭の回転が速いとはいえないまでも——エドの表現をかりれば——おつむが頼りないとも思えない例のブロンド女優から聞いて補わなければならなかった。彼女は現在ある有名なプロデューサー夫人におさまっていて、髪の色はブロンドから赤毛に変わっていた。

「で、受話器をとったらあの声が聞こえたの。ええ、間違いなくバニーの声だったわ。彼の声ならどこで聞いてもすぐにわかったものよ。だって、まるで食用ガエルみたいに特徴のある声なんだもの。その声で、彼がいうのよ。『いいかね、すばらしいチャンスがニューヨークできみを待っている。ラファエル・バウマンの《ハムレット》で、役はオフィーリアだ、話はすっかりついている、ただし来週から本読みに入って、その次の週からリハーサルが始まるんだ。《短いろうそく》のほうはおりられるかね?』それを聞いたときのわたしの気持、わかっていただけるかしら。オフィーリア！　とうとうオフィーリアを演《や》れる！　でも、まだ契約が残っているからというと、バニーは、『そのことなら心配するな。わたしの援助がなければ、レスリーの芝居はたちまちご破算だ。だから彼は承知してくれるだろう。レスリーは今そこにいるかね?』レスリーさんはたった今帰ったところだと答えると、『わかった。彼の電話番号を教えてくれ』わたしはエド・キーリーから番号をきいて教えてやったわ。最後にバニーは、『シカゴからニューヨークへ飛ぶ次の飛行機の席を予約しなさい。それから、わたしあてに電報を打つんだ、そしたら飛行場まで迎えに行ってあげるから』といって電話を切ったんです。

そのあとわたしは、レスリーさんからすぐにニューヨークへ帰るようにいわれたわ。彼は新しい女優に稽古をさせなければならず、もしかすると初日を遅らさなくてはならないかもしれないので、さんざん罵り散らしていたわ。するとそのとき、ドアをノックする音が聞こえたの。そしてレスリーさんが文句をいうひまもないうちに、あの背の高い痩せた男がはいって来たんです。『きみはいったい誰だ?』とレスリーさんがきいたわ。彼はひどくおこってました。『お邪魔してすみません、レスリーさん』と、その唇のうすい男は答えたんです。『わたしは演劇界の地平線上に昇った最も輝かしい喜劇女優の一人であるリリス・ケインの代理人です……』（レスリーさんが途中で何かいいかけたんだけど、その男は構わずに続けた）『……リリス・ケインはすばらしい才能の持主であるばかりか、ジュリー役の台詞の一行一行、動きのひとつひとつを、ちゃんと知っているのです』そのときの彼の言葉を、一字一句たがえず今でも覚えているなんて不思議ね。なにしろその男があんまり冷静に落着いているもんだから、それがとても印象深かったんだと思うわ。レスリーさんはいったんそれを聞き流してから、はっと驚いたような顔をして、ばかていねいに答えてたんです。『ほんのしばらく外でお待ちいただけませんか。すぐにお話をうかがいます』ってね。

わたしのほうはいわれた通りに飛行機でニューヨークへ帰りました。空港へ着いてバニーが迎えに来てくれなかったとわかったときは腹が立ったわ。でも、さっそく彼を責めるつもりで電話して、なぜ今ごろニューヨークにいるのだとか、オフィーリアだのハムレットだのとわけのわからないことをいってるが、きみは頭がおかしいんじゃないかなどと、ひどいことをいわれたときに較べればまだましだったわ。わたしとバニーは電話で十分間やり合った後、やっと彼が車で飛行場まで駆けつけてわたしを拾ってくれたんです。頭がおかしいのはわたしじゃなくバニーのほうだったのよ！」

彼女にはもろもろの言いぶんがあるらしい様子だったが、あとはこの話に直接関係のないことばかりだった。つぎに掲げる手紙は、その日の午後わたし宛にロンドンから到着したものである。

拝復

ケイン嬢に関するお問合わせの件ですが、小生が初めて彼女と会ったのは、一九四六年十月、シカゴでの自作の喜劇『短いろうそく』上演まぎわに、ある女優の代役として彼女を選んだときのことです。ケイン嬢には代理人のダン氏を通じて会いました。その役を演じていた女優が突然ニューヨークに呼び戻されることになり、ダン氏は――おそらく――それによって引き起こされるわれわれの苦境を耳にしたのでしょう。

ところが、その翌日われわれの有力後援者の一人から電話で連絡があり、前日出演予定の女優をニューヨークに呼び戻した電話は、明らかに偽電話だったことが判明いたしました。これはおそらくダン氏の仕組んだ筋書と思われます。いうまでもなくわれわれは大いに憤慨いたしましたが、残念ながら具体的証拠があるわけではなく、ケイン嬢の契約書はすでに署名がとりかわされておりました。そのうえ――打ち明けて申せば――ケイン嬢は、今となっては彼女を手放したくないと思わせるほど、見事にその役を演じてくれていたのです。

地方巡業終了後、小生はケイン嬢と別れたなり現在まで接触をもっておりませんが、その後彼女が女優としてはなばなしい成功をおさめたことは、貴殿もよく御存知かと思います。

以上申し述べたことが、いささかなりとも貴殿のお役に立てれば幸いです。

敬具

ヴァージル・レスリー

わたしはここまでリリス・ケインの経歴のはじめの部分に関して長々と述べてきた。彼女の一生のその部分は、信頼のおける情報源から得られた確たる事実に基づいているからである。だがこれから先は、話は矛盾するが、リリス・ケイン個人に関するデータがしだいに乏しくなってゆくので、わたしはこれまでに集めた事実の断片をつなぎ合わせて、わたしなりの見方を〝再構成〟する必要に迫られることになるだろう。

ニューヨークのあるメジャーの放送局が、連続ホーム・ドラマの新しい登場人物を演じる若い女性のオーディションをおこなっている。スタジオの金属製の折りたたみ椅子に坐っている女性が、全部でおよそ二十人はいるだろう。独りで来ている者もいるし、夫や、恋人や、エージェントがつきそっている者もいる。リリス・ケインは無表情な目をしたエージェント、ジョー・ダンと隣り合わせて坐っている。反対側には、期待に胸ふくらませるあまり、いくぶん落着かない様子の、美しい娘が坐っている。彼女はさきほどからリリスに話しかけはじめていた。リリスに語ったところによれば、彼女の名前はジェーン・コンウェイ、インディアナ州ゲイリイの出身で、市民劇場の舞台に立った経験がある。彼女は、「化粧室はどこかしら？」とたずねる。リリスが場所を教えてやると、彼女は立ち上がって、「すぐ戻るわ」といいながら外へ出てゆく。正面のマイクの前では、一人の女性がガリ版刷りの台本を朗読している。

やがて、ラウドスピーカーから、無表情な声が流れる。「はいそれまで、ごくろうさま」ちょっと間をおいて、その声はいう。「みなさん、お気の毒ですが今日はあと一人で終わりです」失望と不満の声がスタジオにあふれる。「どうぞお静かに。つぎ、コンウェイ」返事なし。「ジェーン・コンウェイ、いませんか？」

ジョー・ダンがリリスに耳打ちする。「さあ、行くんだ」

「なんですって？……」

「マイクの前へ行くんだよ！」

リリスは狐につままれたような顔をしながらも、マイクロフォンに近づいて朗読をはじめる。

リリス・ケイン（芸名はジェーン・コンウェイだが、放送会社のスタッフは本名のリリス・ケインのほうがより魅力的だと主張して、それに改名した）が、以後八カ月間にわたって、『第二の夫』のテレサの役を演じたことは記録に基づく事実である。そして放送中の最後の三カ月間は、それと並行してつぎの三つの芝居舞台にも出演した。

『不滅のフォーセット氏』、陰気で、気まぐれな作品で、初日かぎりで興行を打ち切った。

オフ・ブロードウェイでの『カンディダ』の再上演、これは配役の失敗で、主役に扮したリリスのすばらしい演技にもかかわらず、不評をくつがえすことができなかった。

そして最後に、『魅惑の足どり』、この舞台の空前の成功により、彼女はラジオ・ドラマの出演を中止した。

『魅惑の足どり』はファーリイ・ヨーク（ヴァージル・レスリーの亜流）作の卑猥なファンタジーで、リリスはエカテリーナ女帝の幽霊に扮してロシア語なまりの台詞をしゃべり、へそまであらわにした前あきの衣裳をつけ、本物のエカテリーナ女帝が当惑して顔をあからめるような話を演じ、そしてリリスの誇張された演技をのぞいて、新聞はこの芝居を完膚なきまでにたたいたが、一般の観客は奔放な一夜の楽しみを見出し、二十カ月間続演の大当たりとなった。

最近公けにされた自伝の中で、ファーリイ・ヨークはつぎのように述べている。

エカテリーナ女帝をだれに演じさせようか？ニューヨーク中の美女がこの役を手に入れようとしてファーリイ坊やに群がりあつまってくる（おまけに、それほど美人でない連中までもだ！）。彼女たちのおしゃべりがわたしの貝殻のような耳に爆弾を投下し、高価な香水の匂いが同じく高貴な女たちの首筋から誘惑的にただよってわたしの鼻孔に一斉攻撃をしかける。しかしながら、わたしは石のようにかたくなな心を持っていた。わたしが長い間、僕《しもべ》として仕えてきた内なる焔、すなわちミューズの女神の命ずるところ以外にはいっさい耳をかそうとしなかった。やがて、青天の霹《へき》靂《れき》のごとく、ある霊感がひらめいたのである。いうまでもなく、シビル・ダンリーだ！　わたしがこの女優の舞台を見たのはロンドンが最後だったが、そのとき彼女はレスリー作の陳腐な芝居で、ある気のきいた役を演じていた。当時彼女は飲んだくれの老女優にすぎなかったが、それでもわたしはそのすばらしい演技力を知っていた。わたしはただちにロンドンに打電した。

同じヨークの自伝は、それから二節あとでつぎのように語っている。

……リハーサルが半ばまで進んだときに災難が見舞った。シビルが前後不覚に酔っぱらったのだ。わたしに何ができるだろうか？　当惑したわたしは、とりあえずシビルの台詞をかわって読んでくれるよう、舞台主任のジョー・ダンに頼んだ。ダンはその役目を一座の下っぱ女優で、リーゼの役を演っていた美しい娘にゆずって、われわれはどうにかリハーサルを再開することができた。いかなる魔術の力か《ケル・ツルティイレージュ》！　その娘はまったくたとえようもなくすばらしかった！　単に老いたるシビルよりもすぐれた女優であるばかりでなく、彼女には若さがあり、その魅惑的なセーターの胸のふくらみは、ロッド・コンダーのデザインになる大胆な衣裳をさらに補う広い胸あきを約束するかのようだった。彼女の名前がリリス・ケインであったことを、改めて述べるまでもあるまい。

その日の午後、ダンリー嬢のホテルの部屋に、どのようにしてスコッチのびんが入りこんだかという問題の答えは、依然として臆測の域を出ない。しかしながら、ヨーク氏の舞台主任が午前中に彼女のもとを訪ねて、午後からリハーサルをおこなうと告げたことは事実である。それにしても、なぜ電話で連絡をすませなかったのか、わたしはそこまでいいたくはないが……。

ここでふたたび、わたしはさきほど述べた〝再構成〟をおこなわなければならない。

「わたし、どんなふうに見えて、ジョー？」と、寝室から出て来たリリスがたずねた。

「食べてしまいたいほど美しいよ」と、ダンは答えた。彼女の美しい肉体は黒いサテンにぴったり包まれて、すらりとした腹部の筋肉の曲線をはっきりとしめし、一方八割がた露出された胸は、白粉をはいたあとのバラ色の肌を、黒いドレスとのまばゆいばかりの対照のうちに、鈍色に輝かせていた。「回ってみて」

後ろ姿は、サテンのドレスが腰の下まで切りこみになっていた。濃厚な香水の匂いが、血液のぬくもりに温められ、流れ落ちる滝のようなあらわな肌から刺戟的な波となって立ちのぼっていた。

ダンはテーブルの上にグラスと、オードブルと、氷で冷やしたシャンペンのボトルを並べていた。「今夜はカードの切り方を間違えるな、そうすれば山のようなチップが手に入る。どうするかわかっているな？」

「ええ、あんたが何もかも教えてくれたわ」

「よろしい」ダンはめったに見せない冷やかな微笑をうかべた。「もしも台詞を忘れたら、あとは女の本能に仕事をさせるのだ。スタイナーは『魅惑の足どり』を見て以来、きみのことが忘れられないらしい。だからあとはほっといても大丈夫だ。わたしは出て行くほうがいいだろう。もうすぐ彼がやって来るころだからな。じゃ、しっかりやれよ」そういい残して、彼は隣りの続き部屋に消えた。数分後、リリスはかすかなノックの音を聞いて立ち上がった。

つぎに掲げるのは新聞記事の切り抜きである。

リリス・ケイン、スタイナー裁判で被告に指名さる。

現在ブロードウエイでヒット中の『魅惑の足どり』の美人女優、リリス・ケインは、今日、オリンピア映画の会長ジェイク・スタイナーの夫人ジュリア・スタイナーによって、離婚裁判の共同被告に指名された……

その翌年は、リリス・ケインにとって、巨額の収入と大衆の惜しみない喝采に恵まれた一年となった。すなわちこの年彼女は画期的な成功をおさめたテクニカラー大作、《モル・フランダース》に主演し、ついで古代イタリアを舞台にして暴力とセックスをふんだんに盛り込んだ《血とぶどう酒》という作品でも同様の成功をおさめたのだった。

ジェイク・スタイナーは抜目のない商売人だった。彼は大衆の好みを熟知しており、妻のリリスが、裸が売物の、こけおどかしの史劇に出演するのを歓迎することを見抜いていて、もっぱら彼女をそういった作品にだけ主演させた。だが、リリス自身はそれと違った計画を抱いていた。彼女のうちにも芸術へのあこがれが芽生えはじめていたのである。彼女は、ラファエル・バウマンと自分の主演で、『マクベス』を映画化する計画でジェイクをくどきにかかった。「わたしならきっとすばらしいマクベス夫人を演じてみせる自信があるわ」と、彼女は機会あるごとに夫に話し続けた。

「そうとも、きみならきっとやれるよ」ジェイクは答える。「だが、きみがあの高慢ちきなバウマンと共演するシェイクスピアを見たいと思う人間がはたしているだろうかね？　そんなのは学芸会でやる代物だよ。『明日が来り、明日が去り、一日一日が……』か。わしだってそれぐらいは知っている――それほどばかじゃないからな。マクベスだけは絶対にだめだよ、リリス」

やがてある夜、リリスはハリウッドの小ぢんまりした薄暗いバーで、ジョー・ダンと一緒に腰をおろしていた。

「残念だな、リリス。わたしだってきみのマクベス夫人を見たいのは山々だが、なにしろジェイクは一度いいだしたらきかない頑固な男だ」

「あなたから話してくれない、ジョー？」リリスは空っぽになったマティニのグラスの中で、オリーヴの実をころがしながらたずねた。

「わたしから？」ジョーはもう少しで笑いだしそうになった。「わたしを何者だと思っているんだ？」

「わたしにすべてのチャンスを与えてくれた人よ――シカゴのハーウィン劇場の楽屋裏でわたしを追いつめたときからずっと――」

「『失礼だがお話ししたいことがあります、ミス・ケイン』」と、ジョーは彼女と初めて会ったときの自分の言葉を再現してみせた。

「その通りよ。で、わたしは答えたわ。『あら、人違いじゃありません？　わたしはワンダ・ゼブロフスキーですけど』って」

『これまでは確かにそうだった。だが、今後あなたはリリス・ケインになるのです、もちろん、あなたの同意が得られればの話ですが』それからわれわれは一緒に通りを横切って飲みにでかけた」ジョーはそのときのことを思いだして笑い声をたてた。それから、急に話題を変えて、「リリス、ジェイクはオリンピア映画の経営権をきみに遺贈するんじゃなかったかな？」

「もちろんそうよ」彼女は、微笑しながらうなずいた。「あなたにいわれた通り、彼にせがんでそうしてもらったの。だから生活には困らないわ」

「それはわかってる。ところで、ジェイクは今何歳だったかな？」

「五十五よ」

「ふうむ。もしかりに彼が死んだとしたら、撮影所は実質的にきみのものになるから、なんでも好きな映画を作れるというわけだ。もちろん『マクベス』も例外じゃない」

彼女は眉をひそめた。「でも、それまでは待てないわ、ジョー」

「待てない？」

「ええ、待てない？」

「では、わたしの考えを聞きたいか？」

「聞かせて。あなたの考えが悪いほうに転んだことは一度もないもの」

以下は新聞の見出しという簡潔な表現によって、具体的な事実だけを列挙した一種の幕間である。

映画界の大立者、スタイナー死去
検死官は睡眠薬中毒と断定
スタイナーの死に自殺の疑い
スタイナー事件でリリス訊問さる
（写真キャプション）スタイナー家の友人ジョゼフ・ダン氏につきそわれて検死官事務所を出る、故ジェイク・スタイナーの未亡人にして美人女優のリリス・ケイン
スタイナーは他殺か？
地方検事　特別法廷を召集
地方検事　リリスを告発！
新証拠の出現に法廷混乱
陪審　なおも協議続行
リリスに死刑！
女優の有罪確定　判決を聞いて失神
（写真説明）保安官に護衛されて退廷するリリス・ケイン（顔を覆い隠している）

この年の四月二十九日、午後十時に、リリス・ケインの死刑が執行されると決まったことを、記録は語っている。

さて、忍耐づよい読者よ、わたしは今しばらくの辛抱をお願いする。なぜなら、わたしは今から、この物語中でも最もショッキングな部分の〝再構成〟を試みようとしているからだ。あなた方はそれを空想的で、ばかげていて、根拠のない臆測だと非難するかもしれ

ない。実際のところ、その非難はすべて正しいかもしれない。だが、わたしはそれ以外にこの物語をしめくくる方法を知らないのだ。もちろんそれがお気に召さぬとあれば信じてくださらなくて結構である。

この物語の最後の場面は、四月二十九日の夜に設定される。

午後九時五十八分。腕時計の夜光文字盤が暗く重苦しい闇の中で青白く輝いている。ジョーは目を細くして暗闇を見つめた。彼の目は時計の文字盤のように輝いている。彼は痺れを切らし、溜息をついてふたたび歩きまわりはじめた。濃い霧が彼にからみつき、彼の姿は黒一色の、こうもりにも似たシルエットとなって闇にうかんでいた。

やがて彼は立ち止まった。何か物音を聞きつけたのだ。ハイヒールの音だ。じっと目をこらすと一つの人影が浮かびあがった。リリス・ケインだった。

「こっちだ！」彼は手をふって叫んだ。リリスが手さぐりしながら近づくにつれて、体の輪郭がいちだんと鮮明になった。「ジョー！」と彼女はほっとして呼びかけた。

「時間通りだ」彼はほほえんだ。「ちょうどぴったりだ」彼の腕時計はきっかり十時を指していた。

「ジョー、死刑が執行停止になったのね！　あなたのおかげなのね！　でも……」

「約束しただろう？」

「でも、何もかもあっという間の出来事で。わたしはもう諦めていたのよ。どんな手を使ったの？　すでに処刑室に入っていたのに――」

「話をしている暇はない。予定がぎっしりなんだ。さあ、でかけるぞ」

「どこへ行くの？」彼女は手を引かれながら、霧の中をついていった。

「いまにわかる」

「遠いの？」

「ああ、とても遠い」

「とても遠い……」彼女はがっかりしたようにくりか

えした。「汚名や屈辱を忘れて生きられるほど遠いところなの？　ジョー、夏季劇団の舞台に出演するのなんてごめんだわ！」

「心配するな」と彼は言下に答えた。それから、ふりかえってまっすぐ彼女の目をのぞきこんだ。その目は今や火のように燃えていた。そしてリリスは、突然寒気に襲われながら、今自分の手を握っている手が超人間な力を持っていることに、何年もの間に助言し、導いてくれた声が、かつて信仰厚きヨブを誘惑し、ファウストの魂を代償に永遠の若さを与える契約をかわした者の声とまったく同じものであることに、今はじめて気がついたのだった。

そのころ刑務所内では、検死官がリリス・ケインの絶命を確認していた。

一方外のこの世ならぬ世界では、薄れゆく霧の中から現われた光景を目にして、リリスはしだいに気が遠くなっていった。納屋を改造した劇場。床板の軋る奥行きのない舞台、耳ざわりな騒音を発するアスベスト製の巻きあげカーテン、そして客席には、一にぎりの観客の退屈しきった顔が見える。ジョーの片手は測りしれない怪力で彼女の骨まで食いこむように思われた。

「女よ、契約は結ばれた。永遠に続く契約が！」

深呼吸

Take a Deep Breath

さあ、お坐りください……気持を楽にして……ゆったりとくつろぐ……そうです……そこで、深呼吸をするのです……さあ、続けてください……腹の底から深々と……はい、今度はちょっと息をとめて……つぎは……ゆっくり、ゆっくりと……吸った息を吐き出すのです……いいですか、ゆっくり、静かにですよ……ほうら……だんだんいい気持になってくるでしょう？……ゆったりとくつろいで……不安は消え……とてもなごやかな気分になりますよ……どうです、すばらしくいい気持でしょう……いくらか眠くなったのではありませんか？……では遠慮せずに欠伸《あくび》をするのです……まわりはみんなあなたのお友だちばかりだから心配はいりませんよ……大きなあくびをして……いい気持でしょう？……眠くなったら目を閉じて……もちろん遠慮はいりません……しばらくまどろんでください……だれも気にする人などいませんよ……もう一度深呼吸をして……ゆっくり目を閉じて……それから静かに吸った息を吐き出すのです……そして、そうしながら……あなたの心を、自由に漂わせるのです……静かな海の上を……雲の上を……東洋煙草のえもいわれぬ芳香のように漂わせるのです……名人の手によってブレンドされたその煙草は……あなたのくつろぎの一刻に楽しみをそえ……あなたの心の奥底にひそむ欲望を……外に引き出し……引き出し……心ゆくまで満足させることでしょう……どこで……どのような煙草が……この満足を与えてくれるでしょうか？……ナヴィゲーターです……もちろん、ナヴィゲーターをおいてほかにはありません……ナヴィゲーター……これ以外にはない……それは、ナヴィゲーターだけにできて、ほかの煙草ではできないことなのです……ナヴィゲーター……

それはこんなふうに始まった。のっぺりした声のアナウンサーが、眠気をもよおすような音楽を背景に、おだやかではあるが聞くものを説得せずにはおかない口調で、いつまでもおしゃべりを続けるのだ。そしてアナウンサーのとなり、テレビの画面の中央あたりでは、ナヴィゲーターのトレードマークである船の舵輪が、同じ回転速度でゆっくりと回っている。

それは、神経を休めるのに大いに効果があった。ナヴィゲーターのコマーシャルをはじめて見たときに、だれしもが感じるのは、ほかのコマーシャルとの気持のよい相違、その新鮮さということだった。なによりもまず、ヒステリックな客寄せ口上や、金切り声のくりかえしや神経を逆撫でするようなアニメーションや、いつ果てるともない狂ったような絶叫の洪水に悩まされつけた目や耳には、それがさわやかな好感のもてるものに映った。

大衆はこの新しい宣伝方法を高く評価した。わたしはその当時あるテレビ雑誌のコラムを執筆していたが、このコマーシャルが放送されると同時に、わが家の郵便受けは、〝あらゆる職業の〟視聴者たちから寄せられた手紙でたちまちいっぱいになった。それらの内容は《はじめて自分が一人前の大人として扱われたことを感じ、やっと救われた気分になりました。ナヴィゲーター煙草会社の首脳部は、その良識を賞讃されるべきでしょう……》（この手紙は、ある法律事務所のレターヘッドが印刷された便箋に、一字一句の誤りもないりっぱな文章でタイプされていた）とか、《ナヴィゲーターの広告屋さんたちは今までお目にかかったこともないエライ連中だあれを聞いてるといいキモチになってくるほかのコマーシャルみたいにヤタラにガナリたてないところがいい……》（これはノートのきれはしみたいな罫線入りの紙に固い鉛筆でなぐり書きしたものだった）といった調子だった。

わたしはこういった手紙を大いに歓迎した。コラムのネタをふんだんに提供してくれるからである。中でも最も典型的な賞讃の手紙を二、三、そのままそっくり引用して、それに《ナヴィゲーターはその催眠術的効果をもったコマーシャルが、大衆の人気を得たことを知って満足するに違いない。つぎに視聴者からの讃辞を二、三、掲げよう》と前口上をつけ加えるだけで原稿はできあがった。思えばこれほど苦労せずに書いた原稿もないものだが――自分で書いた分はたった二行しかない――それにもかかわらずこの原稿は、わが社で働いてみる気はないかという、ボーモント広告代理店からの問合わせの手紙を誘い出す結果を生んだ。

その手紙を受けとったとき、まず第一に彼らがわたしに白羽の矢をたてた理由をあれこれ推測してみた。それから、電話でちょっと探りを入れてみたところ、ボーモント広告代理店の契約先のひとつがナヴィゲーター社であることがわかった。なるほど、そういうつながりが裏にあったのか、だが、それにしてもなぜこのわたしを？……わたしは、自分の文章が、広告代理店に有利な条件を持ちださせるほど魅力的な代物ではないことを百も承知だった。

だが、いずれにせよ失うものは何もないではないか。わたしは、ボーモント氏当人に電話で連絡したうえで、その翌日彼に会ってみた。

ボーモントは小さな広告代理店だった。ボーモント氏は五十代のなかばで、背が低く、頭の回転が速そうで、どこかトカゲを思わせるところがあった。こめかみのあたりが白くなった髪は短く刈りあげられ、まんまるな頭の両脇に平べったい耳がくっついていた。

「やあ、わたしがテッド・ボーモントだ。まあかけてくれ」しゃがれ声のその言葉と、気ぜわしい握手を皮きりに、われわれの会見ははじめられた。それから五十五分後、ふたたび握手が交わされ、そして彼がいった。「では、来月になったらまたお会いしよう」

こうして、わたしは思わず開いた口がふさがらなくなるほど高額の給料でボーモントに勤めることに決まった。エレベーターに乗って足もとの確かな地面におりるまでの間に、わたしは、彼がなぜ誰よりも優先してわたしを傭おうとしたか、そのわけがまだ理解できないでいる自分に気がついた。

「うちの会社は発足してまだ間もない」ボーモントはいっていた。「今何よりも歓迎しなければならないのはアイディアなのだ。新しいアイディア、使い古されたアイディア、とにかくどんなものでもいい。実行に移すのがどれほど困難なアイディアであっても、どしどし遠慮せずに提案してもらいたいんだ」

ボーモントに会う前に、わたしはもう一度ナヴィゲーターのコマーシャルにお目にかかる機会があって、それと同じ長さのものを自分なりに書いて持って行った。ボーモントは縁なし眼鏡をかけてそれに目を通し、「なかなかいい、きみならやれそうだよ」といいながら、大口をあけて豪快に笑った。

かくして、テレビ雑誌のほうにはしばらくコラムの執筆を休みたいと通告したのち、わたしはボーモントで働くことになった。さっそくすばらしいアイディアだと思われるものをいくつか提出してみたが、そのほとんどは採用されずに終わった。ボーモントは声を大にして〝新しいアイディア〟を叫んでいるが、実際問題となると彼の方針は植民地法《ブルー・ロー》(十八世紀のニュー・イングランドで制定された清教徒的厳格さに基づく法律)同様手堅く、保守的だった。コピイは例外なしに同じきまりきった型を踏襲させられた。「わが社の信条はつぎの四つの言葉によって表わされる」彼はわたしに説明した。「すなわち、権威《プレステイジ》(常にジブラルタルの岩山のごとく毅然たるアナウンサーのみを起用し、庶民的な、親しみのあるタイプは絶対に避ける)、精神の集中《アテンション》(例えば、回転する舵輪)、くつろぎ《リラクゼーション》(コピーは聴くものの緊張をやわらげ、望むらくは居眠りをもよおさせるようなものでなければならない)、そして最後は——これが最も大事な点だが——反復《レペティション》だ。これを聞いてみたまえ」

彼はそう前置きして、傍らのテープレコーダーのスイッチを入れた。例の聞きおぼえのあるコマーシャルが流れはじめた。「……ナヴィゲーターをおいてほかにはありません……ナヴィゲーター……ナヴィゲーター……ナヴィゲーターのみが……」

間もなくわたしもいつの間にかその要領をのみこんで、変幻自在にどんな言葉にでもなんとなく結びついてしまうような、例の調子の骨なし文章をいくらでもひねり出せるようになっていた。コンマひとつ、ピリオドひとつ打つでもなく、やたらに〝……〟ばかり繰り返すコピーをタイプで打ち続ける生活が何週間か続いた……

ラジオ、テレビのコマーシャルから雑誌と新聞の広告記事にいたるまで、ナヴィゲーターに関する宣伝文いっさいはわたしの担当だった。印刷物に関しては、ボーモントもそれほどうるさくいわなかったが、放送用のコピーとなると、ごく些細な欠点でもほじくり出さずにはおかない検閲の目を光らせるのだった。われわれはナヴィゲーターの売上げを心配しながら見守った。幸い、それは徐々にではあるが確実なペースで上向きつつあった。わたしにしてみれば、まずはほっと一安心というところだった。

ある日のこと、ふとコピイライターたるもの、自分が担当する商品に慣れ親しまなくてはならないという気になって、ナヴィゲーターを一箱買い、一服吸ってみた。なんとも形容しがたいひどい煙草だった。まるで戦争中によく出まわっていた規格外の不良品によく似たすさまじい味がするのだ。わたしは一本吸っただけで、いつもの吸い慣れたやつに逆戻りし、吸い残したナヴィゲーターは他人に無心されたときのためにとっておくことにした。

もっともその当座は大して気にもならなかった。二十世紀の宣伝マンの持つ可能性といった問題にいささか哲学的な考察を加え、自分のすぐれた文章の力でお粗末な煙草の売上げが急上昇しているという事実に少なからず自尊心をくすぐられたあげく、ナヴィゲーターの意外なまずさをけろりと忘れていたのだ。

ボーモント社内におけるわたしの地位は着実に向上していった。今では社長のボーモント氏のつぎに坐るのがわたしだった——なぜなら、ナヴィゲーターはボーモントの最大にして最も重要なクライアントになっていたからである。サラリーも、わたしのほうから持ちかけるまでもなく、定期的にあがってゆく。ボーモントはわたしを満足させることに心を配っているように見受けられた。あるときなど昇給額が思いがけず高額なので、これはひょっとするとわたしにだれかを殺させるための報酬ではないか、などと冗談に考えたほどだった。「今度きみにナヴィゲーターのテレビ番組をまるごと書いてもらおうと思っているんだ」と、そのときボーモントが突然切り出したのである。

わたしは、開いた口がふさがらないほど驚いた。

「テレビ番組をまるごと書けって？　ギャグのアイディアや、放送台本や、要するにハイミー・デイヴィス・ショーのためになにもかもぼくが書くのかい？」

「ハイミー・デイヴィスには番組からおりてもらう。つまり、ナヴィゲーターの宣伝にコミック・ショーはもう必要がないということだよ」彼はそこでひとまず言葉を切って、椅子の背にもたれながらわたしの反応をじっと見守っていた。何か重要なことを切り出すまえには、いつもそういった思わせぶりなポーズをとるのが彼の癖であり、手でもあった。以前はそうされるとかなりの効果があったものだが、今は慣れっこになってしまったから、べつにそれほど緊張もしなければ不安も感じない。ただ、そうやってわたしのほうを眺める彼の目には、ジャングルの葉かげからまばたきもせずに獲物を狙う肉食トカゲを思わせるものがあった。

「引き受けてくれるだろうな」ついに彼はいった。

「きみは実にりっぱな仕事をしている。そろそろわたしの長期計画をきみに打ち明けるときがきたようだ」

そこでふたたび言葉を切ったが、今度は前ほど間が長くなかった。「わたしがなぜきみを傭ったか、そのわけがわかるかな？」

「さあ」

「きみの口を封じるためさ。もっとも、あの当時は、すばらしい人材を手に入れたということにまだわたし自身気づいてはいなかったがね。第一の目的はわたしの目の届く範囲にきみを引きとめておくこと——そうすれば、何百万という人間の目にふれるテレビ雑誌のコラムにきみが原稿を書くことを、未然に防げるというわけだったのさ」彼は机のひきだしから黄色に変色した雑誌の切抜きをとり出して、わたしに手渡してよこした。それは、以前わたしが書いた雑誌のコラムの一部で、「……見る者の緊張感を解きほぐす、催眠術的効果をもったコマーシャル……」という文章があり、その中の〝催眠術《メスメリック》的効果をもった〟という一語が鉛筆で丸く囲まれていた。

「これでわかったろう。きみは意識してかどうか知らんが、わたしの意図に気がつきかけていたのだ。だからわたしとしては、きみを手もとに引きつけておいて、秘密の計画を世の中に暴露されるのを防がなければならなかった」

「あなたの意図に気がつく？　秘密の計画を暴露する？　いったいなんの話かな？」

彼はそれに答えずに煙草をとり出して火をつけた。ナヴィゲーターだ。「催眠術的効果を持った、というのはなかなか的を射た表現だ」

　わたしはうなずいてつけ加えた。「しかし、われわれの方法は本質的に催眠術のテクニックを応用したものじゃなかったのかな？」

　ボーモントは煙草のけむりをふうっと吐きだしながら答えた。「もちろんだ。宣伝と名のつくものはすべてそれだよ。結局せんじつめれば、反復と、伝えたいメッセージを強引に吹き込むことだ。宣伝とは、つまるところ相手の心にある種の条件反射を起こさせることが目的だが、われわれが今やっていることもそれとまったく変わりはない——ただしわれわれのやり方はより効果的だが。いずれにしてもそれは浸透度の深さの問題だ」彼は急に笑いだしてガラリと口調をかえ、わたしに向かってひとつの質問を向けてきた。

「ナヴィゲーターを吸ったことがあるかね？」

「一本だけだが」

「ひどい味がしたろう？」

「お粗末もいいところだ」

「最近の売上報告を見たかね？」

「一番新しいのはまだ見てないが……」

「では教えてあげよう。ナヴィゲーターは肺癌の脅威もなんのその、ついに市場第一位に躍り出たのだ。あんなまずい煙草がだよ。その秘密がなんだかわかるかね？」

わたしは本気でその答えを考えるまえに、反対に質問していた。「まさかそれは本当じゃないだろうね、テッド？」

「もちろん真面目な話さ。ほかに説明のしようはない。まともな神経の持主なら、命令でもされないかぎり、ナヴィゲーターを吸う気にはならないはずだよ」

それから、ボーモントは急に身をのり出して言葉を続けた。「わたしはナヴィゲーターを発見したのだ。市販されている商品の中で箸にも棒にもかからないようなひどい品物を探しまわった。まるっきり取柄がなく、いずれは市場から姿を消す運命にあるような商品をだ。ナヴィゲーターはあらゆる点でその条件にぴったりだった。わたしはナヴィゲーターの製造元に、あまりに少ない金額なので彼らが断われないような報酬で、宣伝を請負うことを持ちかけてみた。そして売上げが徐々に上向きになりはじめるまでは、自分のポケット・マネーでテレビの番組を買うことまでしたんだよ」

「ぼくにはわからないんだがね、テッド。なんだってまた自腹を切ってまでナヴィゲーターのような粗悪な煙草の宣伝に力を入れたんだい？」

「きみも思ったより勘の鈍い男だな。これは一種の実験なのさ。つまり、演習みたいなものだよ。あるいはメイン・イヴェントの前の前座試合といってもいい」

彼は唇をゆがめて笑った。いってみれば、さらに適切な言葉を思いつくために時を稼いだというところか。

「結果は成功だった。わたしが知りたかったのはそのことだけだ。これでいよいよ本番にとりかかれるというわけさ。どうだろう。わたしに協力してもらえるかな？」

今やわたし自身が催眠術をかけられているような気がしてきた。ともあれ、これまでにボーモントに対して首を横に振ったことはないのだから、今さら急にその申し出を断わる理由は見当たらなかった。そこで、わたしは思わずごくりと唾をのみこみながらうなずいていた。いずれにせよ、今や彼とわたしは一心同体なのだ。

彼はとうとうその計画の詳細を打ち明けた。ハイミー・デイヴィス・ショーに代えて、毎日十五分間ずつ、ニュース解説の新番組を流す予定だという。そして、ナヴィゲーターのコマーシャルは、番組のはじめに解説者自身が放送することになっている（解説者はハットフィールド・クレイン級の大物だ）。彼は聴視者にほとんど変化に気づかれないような調子で、コマーシャルから日々のニュースや、ルポルタージュや、自分の意見をくわえたそれらの解説へと移行してゆく。意見は多いほどいい。そして、解説の間中、彼のそばでは、地球儀が一定の回転速度でゆっくりと回転し続けるという寸法だった。

わたしは新しいニュース解説番組がはじまってから二年間というもの、ボーモントのもとで働いた。つまり、彼の〝長期計画〟なるものが、どれだけ遠い将来を見通したうえで考えられたものであるかを理解するまでに、それだけの時間が必要だったということである。そして、それがやっとわかったときには、すでに手遅れの状態になっていた。そうなっては、わたしにできることといえばボーモントのもとを去るしかなかった。だが、わたしがいともたやすく職を投げうつことができたとは考えないでいただきたい。あれだけ多額の報酬をきっぱり諦めるということは、だれにとってもそれほど容易には決心のつかない問題だからである。しかしながら、ある朝わたしは予告なしに勤めを休み、所持品を荷造りして町から逃げだすために汽車に乗った。今わたしは、つぎに落ちついた先の町で、あるいかがわしい通信販売会社のカタログのコピーを書いている。収入は週わずか六十五ドルぽっちで、おまけにひどく手間のかかる仕事ではあるが、ここにいるかぎりボーモントに居所が知れる気づかいはない。

ただこれだけでは生活が成り立たないので、たまに臨時収入を得るためにペンネームを使って雑誌に原稿を書くことがある。じつをいえばこの文章もそのひとつなのだ。もちろん、わたしがそれを書いたところでなんの役に立つわけでもない。もう何をしても手遅れなのだ。しかし、来るべき大統領選挙でシオドア・ボーモントが圧倒的多数の票を集めて当選するとき、少なくとも、あなたは、彼がなぜそれほどまでに多くの支持を得ることができたかを知るはずだ。人々は彼を大統領に選出するだろう。ちょうど明日の朝になれば、まずナヴィゲーターをくわえて一服するのと同じくらい確実に……。

愉しみの館

The Pleasure Was Ours

おかしかったら遠慮なく笑ってくれたまえ。わたしは少しも気にしない。嘘つきと呼ばれてもかまわない。とにかく、わたしはこの目でしかと見たのだから。

だが、わたしは見ただけなのだ。たとえこれから先どんなに楽しい思いをしようとも、心の片隅で生涯わたしを悩ませ、残念がらせるに違いないのはまさにその点なのだ。わたしはそれをこの目で見ただけだった。

数年前のある蒸し暑い夏の夜だった。雑誌はまだ創刊間もないころで、やっとひとり立ちできるようになったばかりだった。扇風機が二台頭の上でブンブン唸り声を発していたが、編集室はまるで蒸し風呂のように暑かった。小人数の編集部員たちはすでに退社しており、わたし一人が居残って修理した中古のレミントンと取り組み、あと一息でおしまいという次号のキャプションを叩きだしながら汗まみれになって奮闘していた。毎月のことながら締切間際になってもまだ何かしら仕事が残っており、それを自分自身で片付けるのが《サティール》の編集長たるわたしの責務だった。

ふとタイプライターから顔をあげたとき、わたしは訪問者の姿に気がついた。その男は片手に書類鞄をさげて入口のところに立っていた。印刷屋がわたしの原稿を首を長くして待っている最中なので、来客はありがたくなかったが、その男は見てもらいたいカラー写真があると、用件を切り出した。もちろん出来のいい写真ならば買おうという気は十分にあった。《サティール》最大の呼び物はその当時も今も三ページ大のカラーのピンナップだが、これはすばらしいと思う写真にはめったにお目にかかれなかった。

「わたしはブラウンというものです」と男は名乗った。

強い訛りと、どこかしら外国人くさい風采から判断するに、あるいは英語風に変えられた名前だったのかもしれない（Brown ではなく、Braun だった可能性もある）。

「やあ」わたしは上の空で答えた。一脚だけ来客用に置いてある椅子の上には、漫画の下絵が山のように積まれていた。「そいつを床におろしてかけてください、ブラウンさん。取り散らかしていてすみませんね――なにしろまだ雑誌が始まったばかりなものですから、ごらんのように整理が行きとどきません」

「かまいませんよ」彼は笑いながら腰をおろした。「わたしは男性雑誌に常々関心を持っていますが、とりわけ《サティール》の創刊には注目しておりました。これをごらんになれば、きっと興味を持たれると思うのですが――」彼は書類鞄から取り出した大型の封筒を手渡してよこした。封を切ったとたんに、十枚あまりのカラー・フィルムが机の上に滑り落ちた。

わたしはそのうちの一枚を手に取ってライトにかざしてみながらいった。「ま、卒直にいってうちの雑誌は写真には相当うるさいほうです。こうやって売り込みにくる写真のほとんどは……ほう！」わたしは思わずフィルムに顔を近づけて、予想外の驚きにうたれながらそれをつぶさに観察した。

「どうです。ありきたりの写真とはちがうと思いませんか？」と、ブラウン氏は訊ねた。

わたしは黙っていた――気に入った弱みにつけ込まれて、値段を釣りあげられては困ると思ったからだ――が、内心の驚きを隠し通すのは大事《おおごと》だった。写真のモデルはいまだかつてお目にかかったことのないようなすばらしい娘だった。まるでこの世のものとも思われない美しさ、それに一番近いものを思い浮かべるならば、ペティまたはヴァガス・ガールズの誇張された絵をまず挙げなければなるまい――しかしそのモデルは彼らの理想化された夢の少女たちよりもはるかに美しく、その上描かれた絵ではなく、まさに血の通った実在の人間だった。その顔の持つ魅力ときたら――例えばお気に入りの映画女優を何人か寄せ集めたとしても、とても彼女一人に太刀打ちはできないだろう。彼女の前に出ればいかなる美人女優でも恥かしさで顔をあからめてしまうに違いない。彼女の顔にはなんともいえないセックス・アピールが感じられた。もちろんハリウッド風の、薄目をあけ、唇を半開きにしたお定まりの作りものめいたセックス・アピールとはわけが違う。彼女のそれはまぎれもない本物で――目のまわりに認められるかすかな小じわ、人生にはすばらしい愉しみがたくさんあり、彼女自身それをふんだんに楽しんでいることをあらわす小じわによって語られる性質のものだった。ただし、そういった種類の愉しみをまだ満腹するほどは味わっていないといった風情が彼女にはあって、それがなおいっそう不可思議な魅力をそえていた。「いや、これは……」（わたしの喉はからからに干あがっていた）「……大いに気に入りましたよ」

「ほかのも同じぐらい、あるいはこれ以上に気に入ると思うんですがね」

ブラウン氏は意識的に控え目ないい方をしたものらしい。どの写真をとってみても一人一人違うモデルが写っていて、しかもそれらは一枚ごとに魅力の度を増していった。これを、三ページ大の折込みに印刷して出せば、《サティール》の部数はロケットのように急上昇すること疑いなしだ。わたしは興奮を顔に表わさないように努力しながら、さりげなく呟いた。「そうですな、このうち何枚かは、たぶん使えるでしょう。どのぐらいの値段をお考えですかな？」ふつうカラー写真には一枚百ドルずつ払っていたが、ブラウン氏の作品なら百七十五ドルまで出してもいい心づもりになっていた。ところが、ブラウン氏の答えはまたまたわたしを驚かせるに足るものだった。

「いやいや、金なんか要りませんよ」

わたしは思わず相手に聞こえるぐらいに大きな音をたててゴクリと唾をのみこみ、ブラウン氏を値踏みしはじめた。水鳥のように痩せていて、長身で、顔は青白く、服装は洗練されていて教養はありそうだし、いわばヨーロッパの名家の出といったタイプだった。どう見てもピンナップ向きの写真を売り込んで歩くような人種には見えない。もっとも、写真を売り歩いているのではなく、ただで使わせてくれるということを、本人の口から今聞いたばかりだが。

「金は要らないんですか?」と、わたしは念を押した。

「ええ、ただしささやかな条件がひとつあるのです」

なるほど、これが手だったのか。だが相手は何を望んでいるのだろうか——会社の株? それとも独占契約? 「その条件とはなんですか、ブラウンさん?」

「《サティール》では、カラー写真のモデルの名前をどこにも載せてないようですな」

「その通りです。モデルの名前はいつも伏せて——ただ《サティール》の今月の妖精とだけうたうんですよ。そのほうがいっそう謎めいた雰囲気で読者にアピールするのではないかと思いましてね」

「なるほど、そのお考えはわかります。ただし、これらの写真を使っていただくとしたら、引き換えにモデルたちの名前と、彼女たちについての説明をほんの少しつけ加えていただかなくてはなりません」

「例えばどんなことです?」

「なに、ほんの一行か二行ですよ。ここに見本を持って来ています」彼はタイプで打った二枚の紙を手渡してよこした。

わたしにもやっと相手の魂胆が読めはじめた。

「あなたは宣伝マンですか?」

「ええ、まあ類かもしれません。わたしはバビロンという店の代表者です。写真の娘たちはみなバビロンで働いている連中なんですよ」

われわれはそれまでにも金のかからないタイ・アップ宣伝を申し込んできたショーガールたちの代理人を何度か断わっていた。毎号貴重なページを費して、どこかのナイト・クラブの宣伝をしてやる気は毛頭なかったからだ。「残念ですがその条件には応じかねますな、ブラウンさん」わたしは答えた。「そんなことならむしろ金を払って写真を買いますよ。一枚百ドルでどうです？」

　ブラウン氏は首を横に振った。

「百七十五ドルでは？」

「この写真は売物じゃないんですよ」

「二百ドルでも、やっぱりだめですか？」

「金はいくら出してもらってもだめです。ただし、わたしの示したささやかな条件さえのんでいただければ――これらは全部ただであなたのものになるのです」

　わたしはもう一度、写真を見なおした。全部で十二枚あって――一年間をカバーできる枚数だ――どの一枚をとってみてもみなすばらしい作品ばかりだった。お色気たっぷりな天使の顔を持つ現実のカレンダー・ガールたち。しかもそれが、全部無料という願ってもない話なのだ。この十二枚で千二百ドルは浮く勘定になるから、その分だけたまっている印刷屋の支払いにあてることができるだろう。わずか一行か二行の宣伝文句と引き換えに、それらがそっくり自分のものになるのだ――わたしはタイプされた文章にざっと目を通してみた。内容は決して法外なものではなかった。モデルたちの名前と、バビロンへ行けば彼女たちに会えるということと、店のアドレスが書いてあるだけだった。場所は町のすぐ外だった。

「よろしい、ブラウンさん。手を打ちましょう」


　ジャック・リーガンは写真を一目見たとたんに嘆声を発した。彼は《サティール》のアート・ディレクターであり、わたしは翌朝早く、得意満面でそれらを彼に見せたのだ。彼の目は出社したときまだ眠そうに半分閉じられていたが、それも長くは続かなかった。

　われわれは次号に使う予定だった写真をボツにして、その号からブラウンの写真を載せはじめた。予想通り反響はすさまじかった。「この世のものとも思えない！」とある読者がいえば、「わたしは地球上いたるところに旅してまわったが」とまた別の読者は讃辞を寄せる。「これほど美しい女性には一度もお目にかからなかった」ある大学生にいたっては、「ひとつききたいことがあるんだけどな、編集部のおっさん、彼女は本物の人間かい？」といった調子の投書を送ってよこしたりもした。《サティール》の部数はあれよあれよという間に上昇を続け、われわれの銀行預金はとどまるところを知らぬ勢いでふえていった。もちろんわたし自身も大いにうるおった。われわれはみなすばらしい生活を楽しんでいた。

ジャック・リーガンの傾倒ぶりは読者のそれと少しも変わらなかった。彼は、ひとつ町の郊外へドライヴしてバビロンをのぞいてみようかな、といった調子の冗談を年中口にするようになった。実際のところ、彼があまりしょっちゅうその冗談を口にするので、いずれは遅かれ早かれ本当に出かけてゆくだろうという気がわたしにはしていた。

そして、ついに彼は出かけたのだ。ブラウンが訪ねて来た日から数ヵ月後のある夕方、ジャックはいつもより早目に会社を出て、翌日は、昼ごろになってやっと姿を現わした。彼は、生まれてはじめてキスを経験した高校生のような顔をしていた。「いったいどうしたんだい？」と、わたしは訊ねた。

「どこへ？」

「とうとう行ってきたんだ」

「バビロンへさ」

「そうか、どんなところだった？」

彼は夢を見ているような面持で溜息をついた。「すばらしかったよ」

「しっかりしろよ、ジャック。なにもショーガールを見たのはゆうべが初めてじゃないんだろう。そりゃあ確かにあの娘たちはそこらにざらに転がっているショーガールとはわけが違う、しかし――」

「わけが違うだって！　あんたにはあの娘たちのすばらしさが半分もわかってないんだよ」彼はそのいいまわしが気に入ったらしく、もう一度くりかえした。「あんたにはあの娘たちのすばらしさが半分もわかってないんだ」

「わかったよ。それじゃおれの知らない半分を話してくれ。その途方もなくすばらしいナイト・クラブのことを話してくれないか」

「ところがまず第一に、あそこはいわゆるナイト・クラブといったような店じゃないんだ。それよりも――えーと、どういえばいいかな――そのものずばりのいい方をすれば、あの店は――」彼は、柄にもなく顔をあからめながら、急に聞きとりにくいひそひそ声になった。「あいまい宿だよ」

「あいまい宿？　それはどういう意味だ？　どんな種類の――」途中までいいかけて、わたしはすべてを理解した。「それじゃバビロンは淫売屋だというのか？」

「おれがいいたかったのはそれなんだよ」

わたしは思わずカッとなって叫んだ。「そんなばかなことがあっていいものか！　われわれは何カ月もバビロンを雑誌で宣伝してたんだぞ！　それがわかったら警察に大目玉をくらって町から追放だ……ジャック、その話は冗談なんだろうな？　きみはおれをからかってるんだろう？　ふざけるのはやめてくれ、バビロンが淫売屋だなんて、嘘なんだろう？」

リーガンは肩をすくめた。「あんたには悪いが、あの店をほかにどう呼べというのかね」そして再び夢見心地で溜息をつきながら、「それにしてもあの娘たちは――まったくすばらしかった」

わたしはカンカンに怒っていた。「いいとも。おれが刑務所へぶちこまれても、きみはなんとも思わないだろう。だがおれはいやだ。それにどっちみち《サティール》が発行停止処分をくらえば、きみだって飯の食いあげになるんだぜ。それを考えたら、しまりのない顔をしてあんな店で金を使うのは――」

「だれが金のことを話した？」彼はわたしの言葉をさえぎった。

「バビロンは金を一銭もとらないんだよ」

それで読めた。どうやらわたしはこの上なく愚かな取り引きをしてしまったらしい。わたしは大急ぎで外にとびだして車に乗り、町のはずれに向かってアクセルを踏んだ。ブラウン氏に釈明してもらわなければならないことが山のようにあった。

　それはなんの飾りっ気もない建物だったが、ただ想像していたよりははるかに大きかった。少なくとも十階はあったろう。場所が場所だからいたって人目を惹きやすいが、けばけばしいところはなく――ただ、磨きあげられた巨大な金属製の男性の象徴が入口の上に掲げられ、その下に、ネオンサインの看板が出ているだけだった。

バビロン
あなたの愉しみの館

　入口の脇には小さな飾り窓があって、雑誌から切り取られた写真と並んで、《サティール》でごらんになった女性たちです――当店でとくと実物をごらんください！　と書かれたポスターが貼り出してあった。わたしは、猛烈に腹を立てていた。金属製のドアを乱暴に押して、ずかずかと中に入り込んだ。

　人影はどこにも見当たらなかった。内部の装飾は趣味のよい超モダーンなトーンで統一されていて、この種の店にありがちな月並みのロココ風は見られなかった。

「おい！　だれかいないのか！」

　すると、耳なれない言葉でののしるような声が聞こえて、ブラウンが部屋の中に駆け込んできた。「あなたでしたか！」彼は意外そうに叫んだ。「しかし、ここにいてもらうわけにはいかない。われわれは五分以内に出発しなければならない。ここにとどまることはできないのです」

「町から逃げ出そうってわけかね？　だがわけを話すまではそうはさせんぞ」

「もう時間がない！　すぐに外へ出てください！」

「わけを聞くまでは一歩もここを動かんぞ、ブラウン」

彼は仕方なさそうに溜息をついた。「よろしい。だが急ぎましょう」

「早ければ早いほどいい。さあ、始めてくれ」

「じつは、わたしもこうなることを恐れていました。いずれはあなたがわれわれの目的に気がつくのではないかと心配していたのです。しかし、これだけはお断わりしておくが、われわれの動機は決して非難に値するようなものではなかった……」

「さあ、それはどうかな。さきを続けてくれ」

「われわれは短時日のうちに店の名前を宣伝する必要に迫られていた。そこへたまたま最良の宣伝手段として目についたのが、あなた方の雑誌だったのです。もちろん結果は大いに満足すべきものでした。あなたが今何を考えているかがわたしにはわかります。だが、われわれが金もうけのために女を食物《くいもの》にしていたとお考えなら、それはとんでもない誤解です。われわれは必死だった。文字通り死ぬか生きるかの瀬戸際だったのです。だが、そのときにこの思いつきがうかんだ。バビロンのような店はここだけではなく、パリ、ロンドン、モスクワ、ベルリンの郊外にも作られた……。そしてそれぞれの国の《サティール》のような雑誌に、娘たちの写真を掲載する手段が講じられたのです」

「だがなぜそんなことをする。きみが金もうけのためにやっているのではないことはもうわかった。それなら目的はなんだ？」

「われわれの目的は……」と、ブラウンが話しはじめたとき、見おぼえのある娘たちの一人が部屋を通り抜けた。その瞬間、ブラウンのいっていることがどうでもよくなってしまった。彼女の存在が、まるで強力な磁石のようにわたしの関心を惹きつけたからだ。彼女の流し目の一瞥は、わたしを男の中の男のような気分にしてくれた。

ブラウンはわたしの目つきをうかがいながら言葉を続けた。「あの娘もあなたには心から感謝しているに違いありません。しかし、今すぐここを出発しないと、われわれは二度と故郷へ帰れなくなってしまうのです。ではいよいよお別れです。われわれ一同の感謝の気持をお受け取りください」彼はすでにわたしをドアの外へ押し出しにかかっていた。「できるだけ建物から遠ざかるように、そうしないと危険ですよ」

「しかし……きみはいったい何者なんだ?……」

「わたしが何者かって? さよう、われわれが今から出発しようとしている旅は、これから何カ月も続きますが、それが無事に終わる前に、わたしは自分に課された重要任務を遂行しなければなりません。わたしは、あなた方の言葉でいう産科医なのです。さあ、どうぞ急いで外へ出てください!」

彼は無理やりわたしを外へ押し出した。頭の中がまるで酔っぱらいのように混乱していた。わたしは車に跳び乗ってバビロンから遠ざかった。やがて、さきほどの娘が部屋を通り抜けたとき、ブラウンがいいかけていたことをふと思い出した。

「われわれの目的は種族の維持にあるのです。われわれの国では、男性の数が絶対的に不足していたのですが、地球の男性のみなさんの協力のおかげで、女たちもどうやら新しい世代の細胞核を胎内にして故郷へ帰れることになりました。われわれは心から感謝しております」

やがて、耳を聾するような雷鳴がとどろきわたり、空は無数の焔にあかあかと照らし出された。わたしは後ろをふりかえってみた。バビロンはすでに地上から消えていたが、弾丸のような一つの黒点が雲を突き抜けて空高く上昇してゆくのが目についた。

どうぞ遠慮なく笑ってくれたまえ。ただ、翌日地方天文台である調べ事をした結果、〝ブラウン〟と娘たちがあんなに急いで出発していたがっていた理由について、思い当たるふしがあったことだけはお伝えしておこう。わたしはそこで、地球と火星がその日ほど完全に接近する日は、また何年もたたなければふたたび巡ってこないことを知ったのである。

貸　間

The Room

クレインは、ぼんやりかすんだ頭の中で鳴り響く、ティングル歯みがきのテーマソングで目をさました。ティングルは、ゆうべのおやすみ番組の時間を買ったのにちがいないという考えが、今になって頭に浮かんできた。それから枕もとの壁にとりつけられたおやすみラジオのスピーカーに目を向けて顔をしかめた。やがてその視線は天井に向けられる。天井にはまだ何も映っていない。たぶん時間が早すぎるのだろう。しばらくして、天井にコフィズのコマーシャルがゆっくりフェイド・インしはじめると同時に、彼はそれから目をそむけてベッドの外へ起きだした。シーツ、枕カバー、毛布、部屋着、そしてスリッパの底の内側にまで印刷された言葉を、意識的に見ないようにつとめる。両足が床に触れると同時にテレビ・セットにスイッチがはいった。あとは午後十時になると、自動的に放送が終了する仕組みになっているのだ。チャンネルを切り換えるのは各人の自由だが、それをやっても無意味なことをクレインは知っている。

浴室にはいって電灯のスイッチを入れると同時に、テレビの音声部分だけがここにも接続された。彼は舌打ちしながら明かりを消し、暗がりの中で朝の日課にとりかかった。しかし、暗がりではひげを剃ることもできない。仕方なくふたたび明かりをつけると、またしてもあの執念ぶかいテレビの音が追いかけてくる。ひげ剃りをはじめると、鏡の面が三秒間に一回ずつチラチラと明滅しはじめた。それは、ひげが剃れないほど邪魔なわけではないのだが、ふと気がつくとクレインの頭の中には、コフィズの競争相手ティータングの、豊かな美味がいつの間にかしのび込んでいた。そして、それから何秒もたたないうちに、浴室の床に交互に現われる即効性緩下剤ナーウと、バーボン・ウィスキーで味つけした鎮痛剤ストップの広告を、好むと好まないとにかかわらず読まされるはめになった。

浴室から出て着替えをしている最中に、けたたましく電話が鳴った。クレインは受話器をとりあげない。どうせ聞こえてくるせりふはきまっている。「おはようございます！　クラッカルーニイはもう召しあがりましたか？　蛋白質に包みこまれた――」とか、「なぜ徴兵を待つのですか？　今すぐご希望の軍に志願して、志願兵特典を獲得することをおすすめします――」とか、「今朝のご気分はいかがですか？　冠状動脈疾患による死亡率は八〇パーセントにも達しています！　これらの、初期の徴候は――」といったたぐいの宣伝であることはわかりきっているのだ。

いやしかし、ひょっとしたら重要な個人的用件かもしれない。そう思いなおして、彼は受話器をとりあげた。「もしもし、ボブ？」と、こびを含んだハスキーな女の声が耳にとびこんできた。

「そうです」

「ボブ・クレインなの？」

「そうだが、あなたは？」

「ジュディっていうの。わたしはあなたを知ってるけど、あなたのほうは知らないわ。どう、あなたこのごろなんとなく体がだるいんじゃない――？」

彼はみなまで聞かずに受話器をおいた。今の電話で、やっと決心がついたのだ。机のひきだしから、しわくちゃになった紙きれを探しだした。それにはあるアドレスが書きとめてある。これまでは、そのアドレスを訪ねることにためらいを感じていた。だが、今朝という今朝はいささか手のこんだ電話のおかげで心は決まった。彼はアパートを出てタクシーを呼びとめた。

タクシーに乗りこむと同時に、運転席の背にスイッチがはいり、ジューコ・ヴェッセント・ブレークファスト・アワーが目の前にうつりはじめた。彼は前の乗客が置き忘れていった新聞を拡げてそれを視界からしめだした。

同性愛的、加虐趣味的、被虐趣味的、近親相姦的、自己色情的シンボルをあしらったグリッタリンクの四色刷広告を素通りして、政府が新しい住宅計画に着手するという記事に注意を集中しようとしたが、記事の行間に印刷された白と黄色のブリーズ脱臭剤の広告を無視しようとする努力は無駄に終わった。やがてタクシーは目的地に到着した。クレインは片側にエイブラハム・リンカーンの肖像、もう一方にスムージー石鹸を使って入浴している裸の女の描かれた紙幣で料金を払った。それから、あるくたびれた木造家屋の入口から中にはいり、目ざすドアを探しあてて呼鈴を押した。部屋の中から、イートミートやジェットフライやクリプシー・コーラのテーマソングをがなりたてるチャイムではなく、昔なつかしいブザーの音が聞こえてきた。たちまち希望がわきあがってきた。

だらしのない恰好をした女が入口に現われ、うさんくさそうな目でじろじろ彼を見まわしてから、「なんのご用？」とたずねた。

「ぼくは――そのう――ファーマン夫人ですね？　友人のビル・シーヴァーズからあなたの名前を聞いてきたんです。たしかあなたは――」そこで急に声を低めて――

「――部屋を貸してくださるとか――」

「帰ってください。この善良な市民のわたしをトラブルに巻きこむつもりなの？」

「もちろん部屋代は払いますよ。ぼくはいい仕事をもっている。ぼくは――」

「いくら払ってくれるの」

「二百ドルでどうです？　ぼくが政府の住宅プロジェクトに払っている部屋代の二倍ですよ」

「とにかくおはいんなさい」女は彼をなかへ招き入れると、ドアに鍵をかけ、かんぬきを通し、そのうえごていねいに鎖錠までかけた。「貸すのは一部屋だけですよ。トイレットとシャワーは廊下の奥にあって、ほかの二人の同居者と共用ですからね。ごみは自分で処理してもらいます。冬の暖房もそちらで用意してください。お湯が欲しかったら、部屋代のほかに五十ドルいただきます。それから、部屋の中での炊事と来客は絶対にお断わりですよ。もしそれでよかったら、部屋代を三カ月分現金で前払いしてください」

「結構ですとも」クレインはすかさず答えて、それから一言つけくわえた。「テレビは消していいんでしょうね？」

「うちにはテレビなどありませんよ。それから電話もね」

「じゃ、ベッドのそばで夜どおし鳴りつづけるおやすみラジオも、鏡の中の意識下広告も、それに天井や壁の映写装置もないんですね」

「そんなものはありませんとも」

クレインの顔には思わず微笑がうかんだ。彼は相手の汚れた手に部屋代の紙幣をかぞえて渡した。「で、いつごろ越せますか？」

女は肩をすくめた。「いつでもお好きなときにどうぞ。鍵を渡しておきます。部屋は四階の道路に面したところですからね。断わっておきますけど、エレベーターはありませんよ」

クレインは依然として口もとに微笑をただよわせながら、手の中に鍵を握りしめて外へ出た。

ファーマン夫人はクレインが帰ったのを確かめてから受話器をとりあげて、ある番号をまわした。

「もしもし。こちらファーマン、報告します。また新しいのが来ました。三十歳前後の男性です」

「ごくろうさまです、ドクター・ファーマン」電話の相手は答えた。「すぐに治療を開始してください」

帰　還

I Am Returning

　おれはついに帰還の途についた。想像を絶する喜びがこみあげてくる。思えば絶望にいろどられた、無限とも思えるほど長い時間がわたしの背後には横たわっていた。だが長い間の狂おしい夢がついに現実となり、おれはようやく帰還の途につくことになったのだ。

　ああ、敵どもよ、用心するがよい！　とりわけおれの不幸の原因をつくりだした尊大きわまりないあいつこそ十分に警戒するがよい。今こそ自分の玉座に必死でしがみつくがよい。おれはやつをその玉座から引きずりおろして、目の前でひざまずかせてやるつもりだ。そのとき、長い、暗黒にとざされた流浪の苦しみの一刻一刻がつぐなわれるのだ。まさにその一刻一刻が。おれは何ひとつ忘れてはいない。記憶は鋭くとぎすまされ、苦悩に満ちている。墜落時の情景が、今でも鮮明によみがえってくるのだ。うっそうたるジャングルが、まるで銃口からとび出した銃弾のように目前に迫り、やがて突然船が暗黒の中に包みこまれたあのときの情景が……。

　おれは暗黒を好まない。

おれの力界《フォース・フィールド》は森の中に一筋の通路を切りひらき、やがて船はすさまじい震動とともに停止した。

　どれぐらい長い時間床に倒れて気を失っていたのか、おれにはわからない。ただ精神は混沌とし、肉体は苦痛に襲われていた。しばらくしてから、全身の力をふるいおこして立ち上がり、痛む足を引きずりながら操縦装置に近づいた。力界のキイを押すと、力界が始動して木々を切り倒し、ライトがともったが、船自体はただの一インチも動く気配がなかった。

　おれはよろめく足を踏みしめながら機関室にたどり

ついた。一瞬、心臓の鼓動がとまるかと思われ、つぎの瞬間、前よりもはげしく打ちはじめた。第一、第二、第三チューブが墜落のショックですべて破壊されている。

いや、注意深く調べてみると、それは墜落のショックによるものではなかった。

原因は爆発だった。内部からの爆発。そして、ねじまがったチューブの縁のまわりには、まぎれもないクリン火薬の痕跡。

おれは両手をのばして修理キットを引き寄せ、力まかせに蓋を開けた。だが、交換用チューブは姿を消していて、からっぽの凹みに第一、第二、第三という三枚のラベルがきちんと貼られているだけだった。

そのとき、おれは暗澹たる気持に襲われて思わず涙を流したことをおぼえている。今考えれば、しばらくは正気を失っていたのだろう。やがておれを現実に引き戻してくれたのは、周囲の空気が徐々に汚染されつつあるという事実だった。

タンクが洩れているのだろうか？　だがおれはよく知っている、イルンで造られたタンクは、故意に細工をしないかぎり絶対に洩るはずがないことを。とにかく、この未知の惑星の大気が生存に適さないとすれば、いよいよこれがおれの最期になるのだ。しかも、その可能性はどうやらきわめて大であった。

にもかかわらず、おれはふたたび操縦装置のそばに戻って、計器盤を調べてみた。それによって知った事実は、おれの喉から痛恨のうめき声をほとばしらせた。

おれは悪夢のような世界に墜落してしまったのだ。まず低温、想像の限界を超えるすさまじい低温がそこにはあった。それから、酸素を含む大気があった。毒。

ふたたび暗黒が戻りつつあった。上を見あげると、切り開かれた木々はたちまちまた元に戻って、船をすっぽりとのみこもうとしている。おれは力界のキイをさしこんでまわす、すると木々は一時的に後退して、遠い太陽の冷えきった乏しい光をふたたびさしこませる。だが観測窓から目をそむけるよりも早く、それらはまた元通りに生長しはじめる。

　それを見ていると気分が悪くなった。このあまりにも急速な代謝、生命が目にもとまらぬスピードで開花し、そして死んでゆく現象には、見る者の心をかき乱す不吉な何かがあった。周囲はふたたび暗くなった。

　そしてその時、笑っているような顔が観測窓からのぞいたのだ。

　おれは驚きの叫びを発して反対側の壁ぎわまでとびすさった。膝がガクガク震え、翼はひとりでにはばたき、触角は恐怖のために硬直していた。

　その顔はすぐに消えた。窓からのぞいたのはほんの一瞬だけだったが、相手の心の中を読み、そこに狂暴な飢えを感じるのにはそれで十分だった。その顔は狂ったトカゲのような大きな口をあいていた。

　おれはジャングルの薄明に目をこらした。そいつらがものすごい速さで動きまわっているのがぼんやりと見える。そいつらは、新しく生まれ、成長し、闘い、共喰いし、やがて死んで朽ちはて、そして消えていった。

　おれは頭がくらくらした。船内の空気の悪臭はますますひどくなる一方だった。ふとある皮肉な思いが頭に浮かんだ。おれが死ぬまでの間に、船外の薄明の世界では一世代が生まれ、そして死んでゆくのだ……。

　だがもしかすると、死はおれにとって避けがたい必然ではないのかもしれない。おれは通信装置に目を向けた。あるいは取り引きが可能かもしれないではないか。

　おれは椅子に腰をおろして通信装置のキイを押した。そして声がかれてしまうまで、必死で呼び出しをくりかえした。外ではやつらが急速な変化と進化を続けている。

　度重なる呼び出しにも応答はなく、もはや諦めるよりほかはないと思いかけたときに、やっと聞きなれた憎々しい声が受信機を振動させた。

「ごきげんよう、王子。まさかふたたびお前の声が聞けるとは思ってもみなかったぞ」

　怒りが全身をかけめぐり、体内の血を凍らせ、はらわたをよじった。だが、おれは汚染された空気を胸いっぱい吸い込んで、つとめてさりげない口調で答えた。

「急いで救援をよこしてくれ。おれを連れ帰ってくれるならば、お前に王国の半分を与えよう」

　けたたましい笑い声が返ってきた。

「しかし、お前がいなくなったからには、王国はまるごとおれのものだぞ。さあ、せめて甘言で釣ろうという気なら、もう少しましな餌はないのか？」

　おれは答える術を知らなかった。答えようがなかったのだ。おれは黙ってしまった。

「いまどこにいるのだ？」と、やつがきいた。

「おれが極寒と酸素を含んだ大気しかない原始的な惑星に座礁したと知ったら、お前は大喜びするだろう」

「それは運が悪かったな。で、生物は棲んでいないのか、そこには？」

「トカゲがいる」

「トカゲとはまたいやなものが棲んでいるな。だが、考えてみればお前にはうってつけの仲間かもしれんぞ。お前は昔から下等動物に合性がよかった。扇動家根性というやつだ。おれを退位させようとしたのが大きな間違いだった。今の苦境はすべてお前自身の責任だ——」

「よく聞け。おれはまだ諦めないぞ」

「今のところはな。しかし、いつまで続くかな？　なんといっても、お前がいったきびしい寒気と、それに酸素を含んだ大気ではな！」

「必ず暖かいところを見つけだす！」おれは必死に虚勢を張って叫んだ。「それに呼吸に適した大気も必ずみつけてみせる——たとえ船でこの星の中心まで掘り進まねばならないとしてもだ！」

「なかなか元気がいいな。しかし、それから先はどうするつもりだ？　腰をおろして、われわれが救出に行くのを待つ気か？　お前の船では宇宙飛行は不可能だぞ。あの三本の推進チューブがなくてはどうにもならんはずだ。そこにはトカゲが棲んでいるという話だが――トカゲに推進チューブが作れるかどうか……」

　この言葉はいうまでもなくおれをからかうために発せられたものだが、そのおかげである考えがひらめいた。「いや、彼らには作れまい。それに、いずれにしろ彼らは刻々死んでゆく。今おれが見ている間にも、この種は滅びつつある」目の前の制御盤が一瞬不安定な動きを示した。艇内の空気が刻一刻汚染されているのだ。「だが考えてもみろ、かりにある新しい種が発生して（彼らの代謝は信じられないほどの急スピードだ）それらが知的生物の徴候を示しはじめたとしたら……」

　おれは言葉を切って一息入れた。思いつきで話しはじめたがあとが続かなくなったからだ。受信機が乾いた音を立てた。「それがどうしたというのかね、王子？　続けてくれ」

「かりに……もしもおれが熱と呼吸に適した空気を発見して生きながらえたとしたら。そして、おれがそこに拠点を築き、そこから手をのばし、粘土をこねて形を作るように彼らの精神を形づくってやったとしたらどうなるか？」

「だがお前が好きこのんでやろうとするのなら、べつに反対はしないよ」

　おれは身をのりだして送信機にどなった。「いいか。かりにおれが彼らの思考に影響を与え、彼らの文明を先導し、彼らを支配下においたらどうなるか。もしおれが彼らを宇宙に発進させていたら。この意味がわかるか？　宇宙に向け発進させるのだぞ！　彼らがおれの意志に従って行動し、おれのために一大宇宙船団を組織して強力な武器で武装したら……。その船団の目的はただひとつ、そっちへ戻ってお前を滅すことなのだ！」

「それがみんなお前の居心地のよい地中の穴からはじまるというのか？」

「そうさ！　よく考えてみるがよい！」いまやおれの声はうわずった叫びに変じていた。

「くだらないたわごとだ!」

「そうかな? ではお前はその危険をあえておかしてみるか? 一か八かの大きな賭けだぞ。その勝負に王国を賭けてみるだけの自信があるのか? それともおれを助けにくるか? 今のうちにおれを連れて帰ってくれたら、仲よく王座を共有してもよいぞ」

しばしの沈黙。やつは初めて沈黙を強いられた。おれの胸は喜びに高鳴った。どうやら脅迫が効を奏しはじめたらしい! だが、ほどなくしてやつは口を開いた。

「さきほどから〝かりに〟という言葉を何度となくくりかえしているが、だったらひとつこう仮定してみろ。もしかりにジャングルに覆われたその星の上に知性をそなえた生物が棲むならば、そしてお前が彼らを支配できるなら——それは絶対に不可能じゃない。われわれはこれまでにも下等動物を支配した経験があるからな。さて、そこでだ、もしもおれがある種のテレパシー戦争をしかけたら、お前はそれをどうやって防ぐつもりだ? つまりこっちもお前に対抗してそいつらを遠くから支配しようとするわけだ。そいつらの目を、宇宙やおまえの〝強力な武器〟からほかへ向けさせるように働きかけたとしたら……?」

おれはいうべき言葉を失った。もちろん、それは可能だ。テレパシーにとって、距離はなんの障害にもならない。そのうえ、やつが探そうと思えばおれのいる星は容易にみつかるだろう。いや、すでにやつの探知機がおれの通話装置の所在をつきとめているかもしれない。自信は粉砕された。救いようのない絶望感が、冷たい水に濡れた経帷子《きょうかたびら》のように身を包んだ。ここ一番という大ばくちも、内心ひそかに予感したように、結局は裏目に出てしまったのだ。それには、相手の頭がよすぎた。今やつは待っている。おれが降参して、涙ながらに助けを乞うのを待っているのだ。だが、そんな気はしない。まだ誇りというものがある——それがおれの長所でもあり欠点でもあるのだが。おれは最後までこのゲームをやり通し、はったりを成功させる努力をしながら死んでゆくのだ。

「では、おれの申し出を断わるのだな？」と、抑揚のない声でたずねた。

「その通りだ」

「ようし、それでは覚悟しておけ！」おれは力界のスイッチを入れて大地を掘り進みながら叫んでいた。

「必ず戻ってやるぞ！」

今ではばるか昔のその日、熱と生命の糧となる硫黄を求めてドロドロに溶けた惑星の中心部まで突入してゆくおれの耳に、例の幾度となく聞きなれた、からかい半分の笑い声とともに、「幸運を祈るぞ、王子！」という心にもないやつの答えだけが響きわたった。

だが、今度はおれのほうが笑う番だ。

なぜなら、そのために貴重な半生を費やしはしたが――この星に棲む生物たちの短い一生で測れば、その時間には無数の一生に相当する――今や、彼らと同じ姿に変装し彼らがおれのために建造してくれた船団の旗艦上に誇り高く立ちはだかり、〝善〟と〝悪〟との間に横たわる伝統的な敵対関係のほかは何ひとつ念頭になく……アルクチュルスⅣに向かって攻撃の途につく一大宇宙船団の指揮官として……、故郷の星が二十一世紀の終わりに近づいた今、おれは本来おのれのものたるべき王座を奪回するために、暗黒の世界から堂々と帰還の途についたところなのだ。おれの名はルシファー、その名は光明をあらわし、かつては光り輝く王国の王子、夜明けの息子たる身だったのだ。

敵どもよ、今こそ心して警戒するがよい！

バベル

Incommunicado

愛する息子よ、
　ついに吉報を伝えられるときがきた、それもこの上ない吉報を！　成功したのだ！　そう、度重なる失敗ののちに、ついに完璧にして輝かしい成功を手中にしたのだ。わたしは心から感謝している。
　たぶんお前はいつこちらへ来られるかと、首を長くして待っていることだろう。それに対する答は——もうすぐにだ。あとはいくつかの細々とした問題を整理し、調整し、いますこしこの地の文明度を高める仕事が残っているだけだ。だが、まずその前にわたしの報告を聞いてくれ。

　それは予定通りに——今月の二日、夜の九時少しすぎにはじまった。最初のテストの対象として、意味論《セマンティ》学者《シスト》と英文学の教授を選んだのは、悪くないしゃれだったと思っている。この二人、つまりスチュアート・ファーとフランク・ウィドメイヤーは、そのときいっしょにシェリイを楽しんでいた。ファーが相手の言葉を引きとった。〔以下はスカイ（超小型記録送信装置）による記録からの引用だ〕
「……わかってるよ、フランク。もちろんわたしだってあの若者たちが書く文章の柔軟な感覚と新鮮なイメージの価値は十分に評価しているつもりだ。しかしもしその文章が何物をも伝達しないとしたら、それが書かれている紙の値打にさえ価しないということをわたしはいいたいんだよ」
「ああ、伝達って、いったい何を伝達しなければならないというのかね？　そして誰に伝達するんだい？」
「客観的な意味を伝達するのさ。もちろんほんのわずかでも知性と教育のある人間なら一人残らず対象とすべきだよ」

ウィドメイヤーは声をたてて笑った。「意味論学者ともあろうきみが、これはまた曖昧な言葉を口に出したもんだな。例えば今の客観的な意味というやつがそうだよ。ある人間にとっての客観的な意味は、べつの人間にとっては、しょせんガダラクにすぎないのさ」

「べつの人間にとってはしょせん何にすぎないって？」

「ガダラク」ウィドメイヤーはくりかえした。「カダマックス・デジティックス」

「冗談はやめたまえ」ファーは苦りきっていった。

「でたらめな言葉を並べたてて、それが気の利いたユーモアだと考えるほど幼稚な年ごろでもあるまい」

ウィドメイヤーはけげんそうに眉根を寄せていいかえした。

「ダラガバデックス！　ジィク？」

「ようし、そこに坐って、きみが弁護するアヴァンギャルドの作家みたいなばかげたでまかせをいいつづけるつもりなら、わたしは帽子を持ってジュワン。エリオ！」

ウィドメイヤーは狐につままれでもしたように、顔の筋肉をゆがませた。「ガッディグ、ベッガ・ドー・クラング？　ガッディグ！」

ファーはかまわずに入口のほうへ歩いて行き、威厳のこもった口調で「ヴォー・ジェイラン」というなり、あとも見ずに部屋から出て行ったのだ。

通りに出てからも、彼はまだ興奮がおさまらないらしく、両手をポケットにつっこんで荒々しく歩いて行った。スカイは（ついでにいうと、これは最新型のやつで、大きさは蚊と同じぐらいだ）彼のあとをつけて、頭の中にある考えをわれわれのもとへ送ってよこした。《間抜けのへそまがりめ！　議論でいい負かされそうになると、口から出まかせをいって逃げるなんて、いかにもウィドメイヤーのやつのやりそうなことだ。あいつはまだほんの青二才にすぎん。体ばかり大きくて頭の中は子供みたいに空っぽなんだ》

ファーはポケットの中を探って煙草をとり出そうとしたが、出てきたのはくしゃくしゃにつぶれた空っぽの箱だった。彼は肚の中で呪いの言葉を吐き散らしながら、近くのドラッグストアに向かった。

煙草売場の女の子に、彼は話しかけた。「モー・ジリア・ウェイン」

「ゼス?」と、女の子が問いかえした。

ファーは、一語一語丹念に発音しながら、もう一度くりかえした。「ウェイン、ジリア・ウェイン」《この女の子はきっと外国人にちがいない。あまり耳なれないアクセントだ》

「ゼス・スィーサー、サフ?」女の子はふたたびききかえした。

ファーは怒り心頭に発して地団太を踏んだ。《なんてじれったい夜なんだ》彼は家へ帰る道すがらプリプリ怒り続ける。《ウィドメイヤーのやつがわけのわからぬことをいいだすかと思うと、今度は英語をただの一語も話せない売子を傭うようなドラッグストアが現われる》

家へ帰りつくと、妻が迎えに出た。

「ムーモー」彼女は陽気な声で話しかける。「ゴンボードー・ブームヴォブ」

「ヨラーリア?」ファーはあっけにとられてききかえした。

すると、夫人の美しい額に皺がきざまれた。

「ジョンボッバ、ヴォモ」

ファーはそれに対して何も答えず、自分の頭がどうかしてしまったのではないかという疑いにとりつかれて、風のように夫人の脇を走り抜けて居間にとびこみ、大急ぎでグラスに酒を注ごうとした。スコッチのびんをグラスの上に傾けながら、ふとテレビに目をやると、アナウンサーがにこやかにほほえみながら彼に話しかけてくる。

「ポッポリコ・イール・ジェンディア・ヴォズ・ドク・ルモレミース、ノディィリル?　ウォー、イーン!……」しばらくしてわれにかえると、傾いたスコッチのびんから、ドクドクと中味が流れ出て靴をビショビショに濡らしていた。彼は縁まであふれかえったグラスに口をつけて一気に飲みほし、それから、音もなく気絶してしまったのだ。

今度こそ絶縁装置《アイソレイター》は完璧な成功をおさめることができた。それは、かつてシナール（古代バビロニア）のバベルとかいうところで得られた部分的な成功とはおよそ質を異にするものだ。今述べたささやかな実験は、まさに混沌状態を生みだした。そう、もちろん越えがたい障壁といってもいいだろう。ともかくも、これは創世紀中の記述にも匹敵する大混乱だったのだ。しかしながら、やがて数々の集団が相互間の言語を翻訳する方法を見出すにおよんで、この障壁はとりのぞかれてしまった。お前はすでに気がついていると思うが、それぞれの言語がまったく別のものであっても、一定不変だったところに問題があったのだ。従ってこの絶縁装置は〝はなはだ興味深く〟、〝可能性を約束する〟ものではあるが、結局は失敗だったとして軽くかたづけられてしまったのだ。

その後数々のテストが、ザンベジ近辺や、アッサム地方のチベット・ビルマ語族の間や、メキシコのコルラ・ピラミッドのあたりで行なわれた。それらはのちに『エンサイクロペディア・ブリタニカ』の《言語の混乱《バベル》》という項目に収録されることになるほどの混乱を惹きおこしはしたが、結果は依然として普遍性を持ちえず、はなはだ不満足なものだった。それが今や大幅に改良され、精度を増し、応用度も増した新型装置の開発によって、われわれは申し分のない成功をおさめることができたのだ。すなわち個人個人がまったくちがった言葉を話すようになり、しかも――ここが傑作たるゆえんなのだが――それらの言葉は一日ごとに変化してやまず、二度と同じ形をとることがないので、言語構造を研究して他人の言葉を翻訳しようとする試みはすべて時間的に不可能なのだ。

われわれは、最初のテストの対象として選んだファーとウィドメイヤーの二人が見事な反応を示したあとで、今度は絶縁装置をあるテレビ・アナウンサーに適用してみた。（結果はすでに述べたとおり上々だった）つぎは電話で話し合っていた二人の家庭の主婦が実験台に選ばれた。彼女たちの会話の記録を読んで、そのあまりのおかしさにわたしは死ぬほど笑いころげてしまった。そのあとさらに、ある上流のカクテル・パーティで試してみて満足すべき結果を得たし、エリオットの『闘士スウィーニイ』を上演中の劇場の舞台にも焦点を合わせてみた。このときは観客が——そして俳優たちも——異変に気がつくまでにたっぷり五分はかかった。

やがて、最新型の絶縁装置が単に〝はなはだ興味深く〟〝可能性を約束する〟以上のものであることを確かめたうえで、われわれはその作用を全惑星にまでおし拡げた。その結果混乱はますます増大し、大恐慌がおこり、悪夢にとりつかれた住民は一様に地にひざまずいて、それぞれ異なる何兆という言葉で彼らの神に救いを求めるという事態にたちいたった。

それを見きわめてから、われわれは宇宙船を地上に着陸させ、この惑星を征服した。征服は滑稽なほど容易々と成功した。

お前は非ラールグ文学の研究をしていたはずだが、それなら「何人も孤島にはあらざるか？」と書いた地球のある作家をおぼえているだろう。これこそ、地球の現在の状態を考え合わせれば、まさにいいえて妙とは思わないか？

では、お前に会える日も近い。クジルルル叔父によろしく伝えてくれ。

愛する父より

おやじの家

His Father's House

老人はふたたび厭味を並べはじめた。

「……まったくなんの役にも立たんやつだ、ひとの金を無駄づかいすることしか能がないばかりか、自分一人食うだけのものを稼ぎだす才覚すらないときている……」老人特有の痰のからまったような声ではてしなく続けられる口うるさい叱言《こごと》、叱言、叱言……その声は一瞬もとどまることなく浴室の中へ、そしてまた外へ、執拗にラルフ・ガナーのあとを追いかけまわした。

「砂の中から一大帝国を築きあげ、火星を今日の繁栄に導いたわしの息子だというのに、おまえはじっさい見下げはてたやつじゃよ。わしは時々おまえが自分の本当の子ではないかもしれないと思うことがある。ひょっとしたら金星へでも行く途中でこの火星に立ち寄った、女たらしの宇宙放浪者の子供ではないかとな。おまえのおふくろならそれもありそうなことだよ」

「やめてくれ！」ラルフは噛みつくように叫んだ。

だが白髪の老人はいっこうに気にかける様子もなく、落ちくぼんだ口を動かしながら同じ調子で言葉を続ける。「じっさいおまえのおふくろなら大いにありそうなことだよ。わしは忙しくて家をあけることが多かった。夜遅くまで働いてそのまま会社に泊まることもたびたびだった。あれにはそういう機会がしょっちゅうあったんだから、なにをやっていたか知れたものではない……」

ラルフはイヴニング・ジャケットに着がえてから、気泡雲《クラウドフォーム》のクッションを使った椅子に腰をおろして話し続けるめやにのたまった老人の顔を、もう一度だけふりかえって眺めた。今一度だけ皺の刻まれた老人の顔に憎しみのこもった視線を向け、それから足早にドアのほうへ向かった。自動ドアが開いた瞬間、老人の捨てぜりふが背後から追打ちをかけた。「今夜もわしの金を無駄づかいするためにおでかけかね、ラルフ？　気晴らしにでかけてこようというわけだな。ま、せいぜいうまくやるがいい」ラルフは、目の前のドアが旧式のやつで、思いっきり乱暴に叩きつけられたらさぞせいせいするだろうに、と残念でならなかった。

エスカレーターが彼を階下におろし、いとも事務的に宏壮な邸宅の外へ運び出した。さわやかな外気にまじって、近くの運河からただよってくる潮の匂いが鼻孔をくすぐった。頭上には二つの月が明るく輝いている。彼は自分のエア・カーに乗ってキイボードを拳で突き、そのままぐったりとシートに身を沈めた。エア・カーはゆっくりと上昇し、しだいにスピードを増して雲ひとつない空を進んでいった。今ははるか後方に遠ざかった邸宅が、地上にうずくまる巨大な怪物のように、黒々とその輪郭を浮き立たせている。それは火星の景観に一個の汚点をしるす、警備厳重な監獄のようにラルフには思えた。

やがて車はけばけばしい行楽地のホテルの上空にさしかかった。ラルフはたちまち地平線上の一粒の点となって遠ざかってゆくその建物を、羨望の目で眺めつづけた。あそこに住むことができたらどんなにすばらしいだろう。いや、なにもあのホテルじゃなくていい。父の豪邸に較べたらどんな場所でも天国だ。

アストリドはすでに着がえをすませて彼の到着を待っていた。彼女の姿を見たとたん、ラルフは一瞬父のことをわすれた。彼女はグリーンのヴェルヴォンのドレスを着ていた。それは彼女の緑色の目にぴったりマッチして、とりわけ目を引き立たせて見せる。それほど彼女の目は鮮かな緑色をしていた。おそらくこの目が彼女の顔で最も魅力的な部分だろう。鼻はほんのわずかだが一方に傾き、口はおそらく心持ち大きすぎるかもしれない。それにあごも古代の彫刻家たちが理想としたものに較べればいささかたくましすぎた。だがラルフはささやかな欠点と思われるところも含めてその顔が大好きだったし、ほかの人間がどう思おうと、彼自身はこの火星上にアストリドにまさる美人はいないと信じていた。

「早目に来てくださってうれしいわ、ラルフ」彼女はいった。「わたし、なんだかそんな予感がしてたのよ。映画が始まる前になにか飲む時間があるし、それから劇場までゆっくりドライヴが楽しめるわ」彼女はラルフのほうに近寄って両腕を彼の背にまきつけた。たちまち相手の体のぬくもりが電流のように流れこんで彼の全身を浸し、頭に血がのぼって甘美な気分をかもしだした。ゆっくり時間をかけた楽しいドライヴか、もちろん彼女のいう通りだ。しかし人目を避けて窮屈な車の中で愛し合わなければならない自分たちを考えると、彼はゆううつな気分に襲われるのだった。彼女は早くも彼の心中を察したらしく、

「でも、映画が終わってから家まで送ってくださるのなら別よ」

「それができないことはきみも知ってるだろう。さあ、行こう」

「まだ早いわ、ラルフ」彼女は長椅子に腰をおろした。「それより新しく書きあげた何章かを読んで聞かせてくださらない？　今持ってきてるんでしょう？」

「ぼくは……先週読んであげたじゃないか。あれから後はぜんぜん書いていないんだ」

「あら、あれは確か先々週だったわ。あれ以来一ページも書いてないの？　どうして？」

ラルフは面倒くさそうに顔をしかめた。「蛇口をひねって水を出すような具合にはいかないさ、アストリド。べつに理由があるわけじゃない、ただ書けなかったんだよ」

「でも、書けないなんてあなたらしくないわ、ラルフ。あなたは文章を書くのに苦労したことなんか一度もなかったはずよ。言葉はいつもあなたの内部から川のように流れ出たわ。昨年の冬に書いた中篇小説を思いだしてごらんなさいよ。あのときは第一稿をわずか二昼夜で書き上げたのよ」アストリドはちょっと言葉を休

めて微笑をうかべた。「そりゃあ書き上げたときは疲れていたけど、とにかくたった二昼夜でやってのけたんだわ。しかもあんなひどい環境でよ！　図書館や、大学の寮や、消灯時間後のシャワー・ルームであれだけ書けたんですもの、今みたいに大きな家に住んでいたらもっともっと仕事ができるはずだわ。コーヒーポットひとつ持って部屋に閉じこもり、執筆に精を出すべきだと思うわ」

ラルフは彼女と並んで長椅子に腰をおろし、「そうなんだ、きみのいう通りだよ」と溜息をついた。

「それから……」彼女は思いきっていうべきかどうかためらいながら、ドレスの皺をのばした。「あなたが自分で気づいて書きなおすだろうと思ったからこのまえは黙ってたけど、あのときの最後の何章かは……」

「どうだった？」

「あまりよく書けてなかったわ。あなたならもっと上手に書けたはずよ。あの程度だったら誰でも書けるわ。いいこと、ラルフ、あなたのお仕事はしばらく前から徐々にだけど、確実に質が低下しはじめているのよ……」

「正確にいえば一年前からだ」彼はいった。「つまり、ぼくが大学を卒業して今住んでる家へ移ってからなんだよ」

「そういえばそうだわ。いったいどういうわけなの、ラルフ？　なにか困ったことでもあるの？」

ラルフは彼女のほうに向きなおった。一瞬彼女は、相手がこの数ヵ月来自分を苦しめ続けた心の重荷をすっかり吐き出してしまうつもりなのだと思った。彼の表情がやわらぎ、一瞬、昔のラルフが顔をのぞかせたからである。ところが、その表情はすぐに消え失せ、彼はただ、「なにも困ったことなんかないさ。さあ、出かけよう」と答えただけだった。

車に乗りこむと、彼はトップ・スピードのボタンを乱暴に押して勢いよく空中に飛びあがった。「まだ時間はたっぷりあるのよ」彼女はやさしく抗議した。「映画が始まる前になにか飲みたいな」

「ラルフ、きっとなにかしら理由があるんでしょう」彼女は、そういいながら彼の腕をとった。「話して聞かせて。さっき帰りにアパートまで送ってくれればっていったことと関係があるの？　でも、もしそうできたら、送りたくないわけじゃないんでしょう？」

「もちろん送ってあげたいよ。そうできたらね。でも、それができないとわかっていながら、どうしてきみはいつまでもそのことにこだわるんだい？　もうこれまでに何度もことわってあるじゃないか、ぼくは自分の家でしか暮らせないってね。たった一晩の外泊すら許されないんだ。その禁を破れば遺産の相続権がなくなってしまうんだよ。もしきみをアパートまで送って行ったらどうなると思う？　またこの前と同じはめになっちゃうさ。結局家へ帰らずにきみのところへ泊まってしまうだろう。ただ違うのは、今度は弁護士が警告なしで相続権剝奪の処置をとるだろうということだ。ぼくがくだらんことをいってると思っちゃいけないよ。くだらんことはぼく自身が一番よく知っている。だがそうする以外に方法はないんだ」

「でもわたしにはわからないわ、なぜあなたが……」

「あそこにカクテル・ラウンジがあるよ」車は地上におり、激しくスキッドして急停止した。二人は車の外へ出た。足許のビロードのカーペットが彼らを建物の中に導き、まっすぐテーブルのほうへ運んでいった。ラルフはマーシニをダブルで注文した。テーブル中央の開口部からそれが目の前にとび出してくるなり、彼は冷えきったグラスを手にとって一口で半分ほど飲みくだした。それから飲み残したグラスを乱暴に開口部へ突き返して、隠しマイクに怒鳴りつけた。「甘すぎるぞ！　おたくのロボットに注意しておけよ」

アストリドはラルフの不機嫌に気がつかないふりをしながら、車の中でいいかけたことをまた蒸し返した。「ねえラルフ、わたし、あなたの住んでいる由緒あるお邸とやらを一度見てみたいわ。映画が終わってから、一緒に……」

「だめだ、だめなんだよ」そのことが二人の間で話題にのぼるのは今日が初めてではなかった。彼はあれこれ言い訳を考えだすことに疲れていた。というより考えられるだけの口実はみんないいつくしてしまって、もうほかにはなにも残っていないのだ。ただ一つ残された言い訳は《きみを家へ連れてゆけないのは、おやじの姿をきみに見られたくないからなんだ》という台詞だけだ。そういってやれば、アストリドもきっと諦めるだろう。

二杯目のマーシニがテーブルの穴からせりあがってきた。ラルフは一口含んで味見をしてみた。今度のはいい。ほとんど純粋に近い地球産のジンに火星の〝野ぶどう〟から作った刺戟性のヴェルモットの味がかすかに加わっている。やがて彼はアストリドのグラスがないことに気がついて、「きみはなにも飲まないの？」とたずねた。

「飲みたくないの。もう、映画なんかやめて、家へ連れて帰ってもらうほうがいいかもしれないわ。そしてわたしのことも今日かぎり忘れていただいたほうが」

「アストリド……」彼は思わず身を乗り出して彼女の片手をつかんだ。「ぼくが悪かった。でも、お願いだからぼくのわがままを大目に見てくれないか、いつまでもそうしろとはいわない、ぼくたちが結婚するまで、ほんのもう少しの辛抱だよ」

「もう少しの辛抱ですって？　この上また四年も我慢しろとおっしゃるの？　そりゃできればそうしてあげたいけど、今までだってすでに永すぎるほど待ったのよ、ラルフ……」アストリドは途中から涙声になった。

「お願いだから泣かないでくれ、アストリド」

「わたしを家へ連れて帰って、ラルフ」

「そんな聞きわけのないことを……」

「わたし、怒ってなんかいないのよ、ラルフ。今だってあなたを愛する気持に変わりはないわ、でもお邸がどうの遺産がどうのというあなたの気持が理解できないの。もしどうしてもそれが必要なら、結婚してあなたの家に住めばいいじゃないの。あなたはそれができないわけをいつか話すって約束したわね。もうこれ以上待てないわ、今そのわけをいってちょうだい」

「きみはきっとあの家が気に入らないと思うからだよ、アストリド。さあ、この話はもうやめにして、映画を観にでかけよう」

「もう観たくないわ。お願いだから家へ連れて帰って」

漠然としたおそれが彼の胸の底のほうで頭をもたげ、それが冷たい感触を伴いながら徐々に移動しはじめて、やがて頭の中で、「おれはアストリドを失いかけている」という確信に変わった。

彼女をアパートまで送り届けたあと、ラルフはあてもなく車を駆って空を飛びまわったが、やがてふと気がつくといつの間にか劇場の前に着陸していた。上映中の作品が彼の絶望的な心理状態に拍車をかけた。それは火星のウラニウム鉱山を開拓した人々の栄光を讃え、地球からの移住者たちの苦難を描いた一大スペース・オペラで、いやおうなしにラルフ自身の父親を連想させるような内容だった。彼の父ヘンリー・ガナーは開拓者たちのなかでも最も抜け目がなく、かつ勤勉な人間で、その頑丈な両手に火星全体をがっちり掌握して、ついに一大植民地を築きあげた人物なのだ。〝喉切り《カットスロート》ガナー〟は、火星ではすでに伝説的存在と化していた。

テクニックの点では、この映画は完璧な出来ばえだった。三次元の等身大の人物たちが、まるで観客席の中を動きまわっているかのような錯覚を与える。そして劇場自体がストーリーの進展につれて、あるいは宇宙船の内部に、あるいは火星の砂漠に、またあるいは移住者の住む家に、実物さながらに刻々変化するのだった。観客は大いに満足していた。しかしこの現実らしさがラルフにはかえって我慢のならないものに感じられた。彼は火星上に昔ながらの映画館——そこでは俳優たちが平面のスクリーン上で演技をする——が今も残っていてくれたらどんなに救われたことだろう、と心の中で呟いていた。だが、科学はスクリーンを旧式なものとして廃《すた》れさせてしまった。ラルフはそれ以上耐えられなくなって座席から腰をあげた。

車はゆっくりと砂漠の上空をただよった。彼はつい今しがたまで自分もその一部だった劇場の観客たちの、映画に夢中な顔つきを思いうかべていた。おれ自身の顔もさっきはあんなふうだったのだろうか？　主体性を完全に喪失してしまい、善と悪、真実と嘘、意味あるものと無意味なものをなんの区別もなしに受け容れて矛盾すら感じない愚鈍そのものの顔、顔、……。彼は思わず呻き声を洩らした。この火星には、おれを受け容れてくれる場所が果たしてあるのだろうか？　言葉によってここに住む人々に感動を与え、彼らの気の抜けたような表情に人間的な生気をよみがえらせることが果たして可能なのだろうか？　火星の知的水準の高さはあくまで表面だけにすぎない。一皮むけばそこに現われるのはきまって粗野な開拓者たちの顔なのだ。彼らはみな例外なしに〝喉切り《カットスロート》ガナー〟と似たり寄ったりの人間なのである。そもそもおれ自身にしてからが、ガナー一族の人間ではないか。しかもありがたいことにヘンリイ・ガナー直系の長男にして一人息子なのだ。偉大なるガナーのたった一人の息子――その一人息子が、事もあろうに物書きを商売にしようとしている、というわけだ。これこそまさに腹の皮がよじれるほど痛烈な皮肉としかいいようがない。

しかしラルフは笑う気にはなれなかった。やがてはるかかなたに豪邸が見えてきた。彼はそこへ帰るのが厭なばかりにあてもなく車の方向を変えた。

「家《ホーム》……」彼は呟いた。「楽しきわが家《ホーム・スイートホーム》か……」そして、トップのボタンを押して目の眩むようなスピードで上昇しながらつけ加えた。「じつは、いまいましい地獄《ヘル・スイート・ヘル》だ」車はますますスピードを加えて上昇しつづける。エンジンの響きは不吉な前兆のようにたかまっていった。しだいに空気が希薄になっていき、呼吸が苦しくなったが、彼はあえて酸素放出のスイッチに手を触れなかった。やがて額のあたりに汗がにじみ、それが全身に拡がってゆく。「いまいましい地獄《ヘル・スイート・ヘル》」彼は狂ったようにくり返した。「わが地獄にまさるすみかはあらじ、か」そして突然、エンジンのスイッチを切った。

　加速度をしながら上昇を続けていた車が一瞬停止し、やがて降下しはじめるかなり前から、騒々しいエンジンの響きはとだえていた。急速な降下とともに、胃袋が喉のほうにせりあがるような感覚が襲ってきた。両脚は床にめりこみそうに重くなる。耳のそばで湧きおこった裂くような空気の悲鳴が彼自身の叫びと混じり合う中で、錆びついたような火星の地表が目まぐるしい速度で目前に迫ってきた。

　車が地表に激突する寸前に、彼はふたたびエンジンの始動ボタンを押した。激しい振動のために、体があやうく車外へ投げ出されそうになった。彼は、辛うじて姿勢をたてなおし、泣きながら車を豪邸の方角に向けた。一瞬死を垣間見た経験が彼の思考を明晰にした。作家というものは、自分を受け容れようとしない人々の心に、おのれの作品を力ずくでも叩き込まなければならないものなのだ、という悟りが生まれた。結局、問題の根本原因は目下彼を悩ませているもうひとつの事柄とまったく同一の場所にひそんでいるのだ。

「問題はおやじだ。おやじに対してなんとか手を打たない以上、解決はありえない」とラルフは呟いていた。

　彼がドアを通り抜けて家の中へ入ったとき、父親がいつものように彼を待ち構えていなかったことがラルフに奇異な感じを抱かせた。もう一度酒を飲みなおしたい気分だったので、彼はまっすぐバーへ足を運んだ。ジンと火星産のヴェルモットをまぜあわせながら、父親を永久に目の前から消してしまう方法について考えてみた。

「また飲んでいるのか、ラルフ?」という声に振り向くと、父親が入口に立って彼のほうを眺めていた。

「酒で悩みを忘れようというのか、なるほど悪くない考えだ。徹底的に飲むがいい、頭の中がぼんやりかすんで、足もとから紫色の蛇が這いあがるくらいにな。いくらでもびんを空にするがいい」

　ラルフはカッとなって手に持ったグラスを父親めが

けて投げつけた。確かに命中したかに見えたグラスは、なんの抵抗もなく体の真中を向こう側へ突き抜けていった。「いくらでもびんを空にするがいい」老人はもう一度同じ言葉をくり返し、乾いた笑い声をたてた。「おまえは殺したいほどわしを憎んでいるだろうな、ラルフ。だが、どうやってわしを殺す？　ははは、問題はそこだよ。一度死んだ人間をどうやってもう一度殺すかね？」悪意に満ちた老人の姿はゆっくりと部屋の反対側へ移動した。「これはどうやら難問中の難問のようじゃな。息子がおやじを殺したいほど憎んでいる。だが、いくら考えても死人を殺す方法は思い浮かぶまい」老人はもう一度意地の悪い笑い声をたてた。ラルフはそれを無視してバーを出た。「おや、もう飲み終わったのかね？」と皮肉に満ちた声がその背後に追打ちをかけた。

ラルフが図書室へやってくると、父親はすでに先まわりしてそこで彼を待っていた。「ああ、酒のつぎは本か。まあそれもいいだろう。おまえは小さいときから本の虫だった。本の山に埋もれるのもいい、少なくとも酒びたりよりはそのほうがましだろう。つまりは逃避主義の切符というわけじゃな」

いったいこのおしゃべりはいつになったら止むのだろうか？　ラルフはやけ気味に自問した。おやじは死ぬ前にどれぐらいレコーディングをしておいたのだろうか。死んでからすでにたっぷり一年は過ぎたというのに、おやじの姿と声はまだ消えずにうろついている——しかもそれが技術的には完璧な三次元の、生きた人間そのままの複製で、飽くことを知らぬおしゃべり、叱言、あてこすり、罵倒をくり返しているのだ……。

「どうだな、ひとつシェイクスピアでも引用してみるか」父親はいった。「たしかこの男はおまえのお気に入りだったな。わしは十何世紀もの昔に書かれたくだらん文章をそらんじるほど酔興じゃないが、しかし時としてシェイクスピアとかいう男もまんざら悪くないことを言っている。たとえば『マクベス』の中の一節だ。『昔から、脳天を割られてなお生きていた奴はいない、それがこの世の終わりと相場が決まっている。それなのに、今また生き返って……』」

ラルフはドアのほうに歩み寄った。「ああ、行かないでくれ」彼が電源を切ると同時に、父親はスイッチを特殊レコーディングに切り換えて続けた。「しばらく年寄りのおしゃべりの相手をしてくれてもいいじゃないか」

ラルフは結局その場にとどまった。寝室へ逃げこんだとしても、父親が必ず後を追ってくるとわかっていたからである。家中どこへ行っても、彼の父親のイメージを大量に記憶させられた再生装置が、しかもそれぞれの場所に応じたせりふを内蔵して仕掛けられているのだ。たとえばバーでは飲酒癖についての叱言、図書室では本についての侮蔑的な言辞、寝室では不眠症を持ち出して嫌がらせをする、といったぐあいだった。

「もしおまえがそうしたければ」父親はなおも続けた。「マクベスがなんとかいう名前の相手に向かってやったように、わしを怒鳴りつけてもいっこうに構わんよ。『ええい、どけ！　退れ！　地球の中に消え失せろ』とな。もっとも、この場合は、『火星の中に消え失せろ』とでもいいなおすほうがいいかな。ただしそれではせっかくの韻がぶちこわしになってしまうが。ああ、そりゃもちろん、わしだって韻ぐらいは知っとるぞ。わしはおまえと違って作家じゃない。しかしわしがまだ学校へ行ってるころ、そんなくだらんことを無理やり頭に詰め込まれたもんじゃった。ま、おやじもおまえが思ってるほど物を知らん人間じゃないということだな……」

いったいどこに隠されているのか？　ラルフは再生装置とこの自動スイッチの場所を求めて、広い家中を何度も探しまわった。だが、それはひとつとして発見できなかった。この家は数年前、ガナー老人の設計にもとづいて建築されたものだが、老人は再生装置を隠すのに都合のいいような構造をとり入れたものらしい。確かに、老人の目的は完全に果たされた。隠し方があまりに巧妙なために、ガナー自身と建築家をのぞいては、だれ一人としてその秘密をあずかり知らないのだ。老人は来客中の食堂で一群の宇宙船団を炎上させたり、未婚の若い婦人のいる浴室にハンサムな俳優を送り込んだりするいたずらが気に入っていた。ラルフは絶望的な心理状態に追い込まれながら、ふとこの家を建てた建築家に照会することを思いついた。だが建築家の地球にある事務所に連絡をとった結果、彼がすでに十五年前に死亡したことを知らされただけだった。

　ラルフは父親の遺言状がロボットの法律家によって読みあげられた日のことを、いまだにありありと記憶している。できるだけ人間のなまの声に似せようとするのだが、どうひいき目に見てもグレゴリオ聖歌の下手なパロディにしか聞こえない、ぎこちなく、機械的に正確なだけのロボットの声で、父親の遺言の内容が読みあげられていった。

「生存せる唯一の身内にして息子たるラルフ・ガナーに対して、下記の条件により、わたしの死んだ日から満五年後に、現金、投下資本および土地の三分の一を贈る。すなわちラルフ・ガナーはわたしの死後五年間ガナー館《マンション》に住むこと、もし彼が一夜たりともガナー館を留守にすれば、この遺贈は無効となり、前記資産は残る三分の二の相続人、火星《マース》＝ガナー・コーポレーションに併せ贈られる……」

　これは奇妙な条件であり、ラルフにしてみれば必ずしも喜ぶべきことではなかったが、しかし父親の全資産の三分の一といえば大いに魅力があった。父親は彼の大学在学中滑稽なほどわずかな小遣いしか与えず、しかも卒業と同時にそれすら打ち切りにすると予告していた。ラルフは自分に遺された遺産が三分の一しかないというのがいささか意外だったが、一方これで独立してすべての時間を創作に向けられることを思えば、それでも充分満足だった。

　それに加えてアストリドがいた。彼女は在学中、まだラルフをガナー一族の人間と知らなかったころに彼と恋におち、彼の不遇時代を通じてよき支えとなってくれるはずだった。しかし今や二人にとって不遇の時代などはあり得ない。アストリッドは最も価値ある女性だった。父が死んだ今、彼らがすぐに結婚してガナー館に住むことを妨げるものはなにもない。五年間一夜たりとも家をあけてはならないという条件はいささか苛酷だが、ラルフはロボットの法律家によって書かれた遺言の条項に違反することの愚をよくわきまえていた。そもそもこれは火星の無法時代に、〝喉切り《カットスロート》ガナー〟自身によって確立された制度で、非常事態において大いに人間の役に立った。その後火星の非常事態は、はるか以前に過去のものとなったが、もはや無用の長物と化したロボットによる法律制度廃止論は、火星そのものの支配者であるガナー・コーポレーションによって無視されつづけてきたのである。ロボットの法律家たちは、あいもかわらず彼らの正確無比で、冷酷で、改変を許さぬ杓子定規な法律を遵守し続けていた。

　だが、父親の家に住むことになった最初の日に、ラルフは当座アストリッドをそこへ連れてくるわけにはいかないことを悟った。まだ引っ越しの荷物もほどかないうちに寝室で背後に父親の声を聞いたのである。

「どうやらわしが示した条件に従う気になったらしいな、ラルフ」

　振り向いたラルフは、そこに父親の姿を認めてつきあげるような恐怖の叫びを発した。一瞬のうちに彼の顔から血の気が失せ、喉は火星の砂漠のようにカラカラに乾あがっていた。

　父親の幽霊は言葉をついだ。「わしはおまえがきっとその気になるだろうとにらんでおった。おやじが遺した金を費うことなら喜んで、というわけだろう。ただし自分で金を稼ぎだそうという意志は毛頭ない。おまえには金を稼げるようなチャンスはありっこないのだ。ママの息子は芸術家に生まれついている。便器の上に坐りながらしゃれた文章のいいまわしでも考えるほうが似合っている、といいたいんだろうな。ガナー・コーポレーションに就職して、おやじの後を継ぐだって？　とんでもないことだというわけだろう。いいかな、ラルフィ、わしはおまえの考えている幽霊なんかじゃない。ヘンリイ・ガナーは正真正銘の死人で、今おまえの前にいるのはわしが死ぬ二年前に録画しておいたイメージの再生にすぎないのだ。ヘンリイ・ガナーの記録はまだほかにもたくさんある。わしは死期が近いのを悟ったときからこの記録を残すことに没頭した。この古ぼけただだっ広い建物にたった一人で暮らすおまえに淋しい思いをさせたくなかったからだよ。だからこれからもたびたび現われて話し相手になってやるつもりだ。これからの五年間はおまえとわしの二人でこの家に住むことになる。五年たってみて——おまえがまだ正気でいられれば——残りの財産はそっくりおまえの物になる。おまえは、自分の腕でそれをかちとったことになるのだ！」父親の姿はそこで笑いを浮かべた。「どうだ、じつに公平な条件だとは思わないか？　まあ、ひとりになってゆっくり考えてみるんだな。わしはひとまず消えよう。なに、またすぐに戻ってくるよ」

そういい残して、父親の像はドアの外へ消えた。

それから一年後、父親はガナー館の図書室で首うなだれているラルフを相手にして、いまだに果てしないおしゃべりを続けているのだ。「『おまえの骨に髄はあるまい、血は氷のように冷たかろう、そんなに目をぎらぎら光らせていったい何が見えるというのだ！』こういうのはどうかな、作家先生？　わしはなかなかうまい一節だと思うがね。まさにこの場合にぴったりの言葉だ。さて、今度はわしのいうことを注意して聞いてくれ、ラルフ。わしが死んでから一年になる。もういいかげん厭になったろうな。そこでわしはある秘密を教えてやることにする。ロボットの弁護士はおまえにすべてを明かさなかった。あるひとつの事柄だけは秘密にしておくよう、わしが厳重に指示しておいたのだ。その秘密というのはこうだよ。わしはこれ以上おまえの身辺に出没することをやめて、喜んで墓の中へ戻ることにする、遺産ももうおまえのものだ。ただし、それにはつぎの条件が守られなければならない」

「条件だって？」と、思わず声を発してしまってから、ラルフは一日に二度も生命のない影の存在と口をきいたりした自分に腹を立てていた。

「その条件とは、おまえが火星《マース》＝ガナー・コーポレーションに就職することだ。くだらん物書きなどやめて会社で働いてくれ。つまり、わしの息子としておやじの跡を継いでもらいたいのだよ、ラルフ。ガナー直系の息子が火星上で跡を継いでくれるなら、わしの死の苦痛も少しは癒されるだろう。ガナーという名前はとりもなおさず火星そのものなのだ。おまえはそのことを誇りに思い、ガナー家の人間として恥ずかしくない生き方をしなくてはいかん。この親にしてこの子ありといわれる人間になってほしいのだ。どうすればいいかはロボットの弁護士が知っている。彼を呼んでコーポレーションを引き受ける決心をしたと伝えるがよい。そうすればあすにも技師たちがやって来て、再生装置からリールを取りはずすだろう。要はおまえの決心ひとつなんだよ、ラルフ」

　父親の姿が消えた。ラルフはひとりで静かな図書室に坐っていた。死んだ父親の言葉がなおも頭の中でこだましている。抜け目のない専制君主。利己的で、貪欲で、自負心の塊りのような人間。彼の支配力は全火星上におよび、生前は、それを意識しないではだれも火星で暮らしていけなかった。彼の知的なものとはおよそ縁遠い趣味が火星の上流社会を形づくり、そこに、人類の豊かな過去からは絶縁され、未来の発展からも道を閉ざされた、一種の非文化的な真空状態を作りあげた。ヘンリィ・ガナーの節くれだった指の動きにつれて、火星を舞台にした無数の操り人形たちが踊りだすのである。そのような状態で彼を訪れた死はどれほど心残りな現実であったことだろう！　そして、苦しめ苛まれ、混濁した意識の底から浮かんできたものが、死んだ後もなお支配者として糸を操りつづける方法だったのだ。

　ラルフは放心の態でかたわらの本棚を見あげた。そこには父親が本棚を埋めるために買いもとめたある蒐集家の古い蔵書がずらりと並んでいる。『囚われ』、

『無』、『出発』といったそれらの簡潔な題名がラルフのジレンマをあざ笑うかのようだった。グリーンという昔の作家（イギリスの作家ヘンリイ・グリーン〈一九〇五〜一九七三〉のこと）によって書かれたこれらの作品は、もはやラルフには望めなくなった『生きること』とか『愛すること』（いずれもグリーンの作品の書名）について、からかい半分に語っているようにも思われた。ラルフはその気になれば家を捨てることもできる。家を出たきり二度と戻らないことも可能なのだ。父親の幽霊がいつまでガナー館に出没しようとそれは勝手だ。もうそのころラルフは父親の言葉に耳を傾ける必要もないし、彼の年老いた頑固な顔と向かい合うこともないのだから。要するに『出発』するだけでいい。だが、そのとき彼を待ち受けるのは物乞いでもするしかない運命なのだ。彼の書いた中篇小説はなにがしかの額の小切手をもたらした——しかしそれはすでに一年以上も前のことだったし、おまけに長い間かかって作品が金になったのはその一度きりだった。それを考えれば、彼とアストリドが原稿料に頼って暮らすことはとてもできない相談だ。将来はともかく、少なくともさしあたっては生計が立ちゆかない。

　一方父親の条件を受け容れて、コーポレーションでの地位を継いだ場合はどうなるか？　父親の幽霊はその日を最後として墓の中へ戻り、彼は火星上で一番の大金持ちになれる。だが彼はそういった生活の一秒一秒を憎しみ続けることになるだろう。それはまさに『囚われ』の身だ。

　アストリド。『生きること』。『愛すること』。彼女は小説家に恋をしたのだ。そのアストリドに向かって、会社の社長をも同じように愛してくれといえるだろうか。しかもこの社長たるや、古い時代の象徴であった灰色服の男でさえ、まだしもそれに較べればはるかに自由な精神の持主であったと思われるほど、極度に画一化された組織の中の人間なのだ。

　それはまさに『無』の世界だ。

　ラルフの全身はおののいた。火星の夜の冷気がしだいにガナー館にしのび入りつつあった。

「ほかに御用はありませんか、ミスター・ガナー？」

「べつにないね、ミス・リーヴズ」ラルフはこたえた。「例の手紙をできるだけ急いで投函してくれたまえ——とくに火星劇場の資金援助を承諾する旨の手紙を早いところ頼むよ。小切手の同封を忘れないように。それから昼食後の重役会議の件を忘れずにみんなに連絡してくれたまえ。議題は新しく設置されるガナー基金に関する件だ。ぼくはこの基金の援助範囲を画家や音楽家にまで拡げる構想を持っているんだよ」

「わかりましたわ。そうそう——今晩ご夫妻で地球からやってきた民族舞踊団のレセプションを主催される予定になっていることをお忘れなく。それから、今日の午後図書館の件でクレネック氏とお会いになれますか？」

「さあどうかな。いずれにしろその問題はもう片づいたと思ったが」

「クレネック氏は図書館の名称をどうするかご相談したいとおっしゃっています。社長はお父上を記念してヘンリイ・ガナー記念図書館、と名づけるご意向でしょうけど、クレネック氏は社長ご自身のお名前を冠することを希望しているらしくお見受けしました」

「ぼくはまだ記念図書館に自分の名前を冠するほど老人じゃないよ、ミス・リーヴズ。クレネック氏には、委員会の選んだ名前ならなんでもいいと伝えてくれたまえ。ただ、ぼく個人の希望をいわせてもらえば、かりにクレネック氏が反対しないものと仮定してだが、ヘンリイ・グリーン記念図書館とでも命名してほしいね」

「わかりました……」ミス・リーヴズは言葉とはうらはらに、狐につままれたような表情になった。「それで、ミスター・ガナー……」

「なんだね？」

「クレネック氏にヘンリイ・グリーンとは何者かと訊ねられたらどう答えましょうか？」

一瞬、ラルフ・ガナーの顔に微笑がうかんだ。「そのときは——いや、ヘンリイ・グリーンは今ではすっかり忘れ去られた二十世紀の小説家だが、来月になれば、ある有力出版社から彼の全集が刊行されることになっている、とだけ答えておいてくれたまえ。いいかね、ミス・リーヴズ、これはきみ自身の好奇心を満足させてあげるためにつけ加えるんだが、ヘンリイ・グリーンとは、実務家としての生涯と芸術家としての一生を無理なく調和させることに成功した、ある昔の専制君主の別名でもあるんだよ。彼の成功の秘訣は、聞くところによれば昼食時間に執筆をすることだったそうだ。なるほど簡単なことだと思わないかね？」

「ええ、思いますわ、ミスター・ガナー」

「まったくばからしいほど簡単なことだ……ところで、昼食の話で思いだしたが、きみももうすぐ食事に出るんだろう？」

「ええ。今から食べに行きます。でも、ほんとに何も運ばせなくてよろしいんですの？　サンドイッチだとかスープのようなものでも……」

「いや結構だよ、ミス・リーヴズ。きみも知ってるようにぼくはいつも朝食をたっぷりとってくるんだ。では出てゆくとき、ドアに鍵をかけていってくれたまえ」

遺　言

Last Will and Testament

事態は予想だにしなかった耐えがたい局面を展開しはじめた。心身ともに健全にして下記署名者たる余は、本日みずからの手によって命を絶つ決心をし、以下に掲げる諸項目を、余の遺言として、神聖なる遺贈のあかしとして承認する。

美しい最愛の妃には、もし存命していれば、今や余にとっては無一文にもひとしい値打しかないもの、すなわちこの地上で余の所有した財産を与えるはずであった。生前の妃は、何物にもまして物質的な幸福を重視していたのであるから、余の所有地や財産のすべてを手中にすることができれば、さだめしその喜びは大きかったことであろう。余は霊界に赴いたのち、妃の霊魂にふたたびめぐり会うことを期待しない。妃はいわば肉体のみの存在だったといってもよく、余の手にかかって死んだ瞬間から、完全な無に帰したであろうことを確信している。従って妃の霊魂などというものはどこにも存在しないのだ。

余の顧問たちには、彼ら自身の助言による導きと慰めをゆだねよう。

余の母上、異母弟、そして、最初の妃の亡霊に対しては、やがてこの身も彼らのもとを訪れる先ぶれの挨拶とともに、彼らの肉体の命をこの手で摘みとったことに対して心からなる謝罪の言葉を送りたい。各人に対する余の言葉は以下のごとくである。

最初の妃に。余は間もなくそなたのもとへ赴こうとしている。現世においては、余は一度たりともそなたの真価を理解しえなかった。そなたの上品な才智、優雅さ、その高貴な心情と魅力ある人柄は、余の前にあるとき無意味な浪費にすぎなかった。若年の血気にとりつかれていた余は、そなたの会話に織りこまれる洗練された機智よりも、二人目の妃となった女の熱い四肢に、より魅力を感じてしまったのである。妃よ、許せ。余は今、迷える肉体を地上に脱ぎ捨てて去ろうとしている。願わくばこの無垢の魂を暖かく迎えてもらいたい。

弟よ、お前は余に毒を盛られたことを深く恨んでいるにちがいない。死後の数カ月間というもの、お前の亡霊が余の周囲に立ち現われるのをしばしば感じとったものだ。だが、やがてそれもしだいにやんだ。してみればお前は、結局二人のうちいずれかが死ななくてはならなかったという運命に気づいて、余を許す気になってくれたのであろう。かりにお前のほうが先に余を殺すことを思いついていれば、亡霊となって立ち現われるのは余のほうだったのだ。だが、時はいかなる物事に対しても公平であることを見るがよい。やがてはこの身もまたひとつの霊魂と化そうとしている。そのとき、おたがいの間にはもはや嫉妬の介在する余地はなくなるのだ。ふたたびお前に会える日を心から待っている。

母上、この身と母上の間では、いかなる謝罪の言葉も不要でありましょう。現世においては、母上はついに邪魔物となってしまった。だが魂の王国では、その母上がつきざる喜びの源となるでしょう。誓っていうが母上と親密な関係を結んだことをこの身は一度も恥ずべきこととは思わなかったし、世の道学者連中がそれに向けて放った批難の矢も、顔をあからめさせたり心を悔恨でむしばんだりはしなかった。人間だれしも女の腹から生まれてくる。とすればその女が男を導いてアフロディテの神秘をかいま見させること以上に自然で詩的な美しさがまたとあろうか? 『エディプス王』は刺戟にとんだ面白い芝居だが、底にある思想はきわめてばかげたものにすぎません。

余に詩才のあるのはみなの知るところだ。つぎに、一篇の短い詩を掲げるわがままも許されるだろう。これが余の最高の傑作とはいわぬが、そこは大目に見てもらいたい――余の最後の作だという意味で。これは、余が市民に与える言葉だ。

われひとり、卑しむべき人民より離れて立つ。
卑しむべき人民、そは醜悪なる声もて
わが愛する街々と憩いの亭《あずまや》を満たし、
凡庸なる心、卑少なる魂、沈滞せる欲望もて
美を破壊するやからなり。
われはひとり立つ。たとえこの身の
声と姿は彼らの耳や目に快からずとも、
魂は卑少にして、その心の狭きこと
しばしば獣に似たるとも、
欲望は、ときに気まぐれにはしり、慈悲を欠くとも、
意に介せず。われはわれ、ひとり立つ。

また、生きている者死んだ者の別なく、余の尊敬すべき教師たち、そして、すべての哲学者や修辞学者たちには、つぎなる一節を贈ろう。

反逆者の蛇は地に潜んで眠り、
周到なまなざし、ふりかかる明かりの一ゆれ
かすかな身の動きにもたちまち目をさます。
ならば諦めるがよい。論理の重荷を脱ぎすてるのだ。
論理とは、蛇がひとたび論破しようと欲すれば、
ひとたまりもなく打ち負かされる気まぐれにすぎない。

最後に、後世に与える言葉を記そう。獲物を追う猟犬のごとく目を光らせる後世の歴史記述者たちよ、他人を裁く立場にあると自認する人々よ、そしてまた否定の首をふり、口角泡をとばして是非を論じ、恐ろしげに天に向かって両手をさしのべる者たちよ、余は汝らに対する挨拶とともに、比較的短かくはあったが測り知れぬほど充実していた余の生涯において得た智恵

を、ここに書きとめておく。

目を心の内側に向けるのだ。汝らの弱点や偏見や欲望を容赦なく明るみに引き出すがよい。それ自身声を持たず、満ち足りることを知らず、聞いたこともなければ考えすら及ばないような欲望の潜む、暗黒の、空気も通わぬ迷路の奥深くをのぞいてみるがよい。そこからどす黒い欲望と復讐心に燃える感情を引きだし、すべての利己的な考えを白日にさらし、全き誠実さのゆるぎない光の中でそれらを仔細に観察してみることだ。そして、光の中に引き出されれば小さくなって縮みあがらざるをえない恐るべき気まぐれの悪行も、機会が権力と手を握りさえすればだれにでもできるということをよく考えてみることだ。そのとき――そのときこそ――あの裏切り者のナザレのユダヤ人の言葉をかりるならば、「汝らのうち罪なきものをして、まず初めに石を投げさしめよ」なのだ。

以上書き記したことはすべて余の意志に基づいて死後に遺すものであることを確認するために、余は、すでに時間を超越した栄光の世界で神の座についた養父クローディアスを立会人として、ここに署名する。

ローマ皇帝　ネロ

バラのつぼみ

The Rosebud

　病院の前から、伝染病のはびこる月植民地向けの血清を急いで積み終わった救急船が出発した。院内のショー博士の部屋では、サム・ジェフライオンがショックのため口もきけない状態だった。やがて、ほとんど聞きとれないほどのかぼそい声で、彼はいった。「ぼくにはどうしても信じられません、博士」

　ショー博士は何事も承知しているというふうにうなずいて答えた。「いずれ自分の目で確かめれば、きみだって信じる気になるさ、サム」

　ジェフライオンは黙って唇を嚙みしめた。目には涙が浮かびはじめていた。両手の大きな拳はかたく握りしめられ、爪が掌にしっかりと食いこんでいる。彼は喉のあたりにつかえている乾いた絶望の塊りを飲みくだして、ふたたびうめくようにいった。「恐ろしいことだ。第一、不自然です」

「不自然だというのかね？」ショー博士は机のひきだしからブランディのびんをとり出した。「ただのちっぽけなバラのつぼみにすぎんのだよ」

　ジェフライオンは相手の顔を見あげた。涙が目からあふれでるのだけはどうやらおさえられたが、顔は怒りのためにこわばっていた。「よくもそんないい方ができるもんですね」

　ショー博士は彼にブランディを注いだグラスをさしだしていった。「さあ、これを飲みたまえ」

「欲しくないです……」

「そういわずに飲みたまえ、サム。これは医者の命令だよ」

　ジェフライオンは仕方なしにグラスを空にした。やがて彼はいった。「先生がそれを指して不自然じゃないというのは、いったいどういう意味なんですか？」

医者は肩をすくめた。「これは創造の中でも最も自然なことなのだよ。進化、あるいは適応性といっていいかもしれない。いいかね、人間はあらゆる生物の中で最も適応性に富む存在なのだ」

「しかし、ぼくにはまだわからない——」

「今にわかるさ。まあ聞きたまえ。最初の人類が槍を握ったり、獣の皮を縫い合わせたりするための器用な両手を必要としたとき、どんなことが起こったと思うかね？　親指が他の指と向かい合わせになるように発達した。また、彼ら最初の人類は、みんな毛深い連中だった。つまりその毛が寒さを防ぐ役目をしたわけだよ。ところが、衣服が発明されると、その毛はしだいに退化してなくなってしまった。もちろん彼らがそれを必要としなくなったからだ」医者はふたたびジェフライオンのグラスを満たした。

「それはわかっています」と、青年はいらいらしながら答えた。

「わかっている？　それならよろしい。では、人間がある器官を必要とすれば、自然がそれを与えてくれるし、その役目が終わったとき、自然はそれを不要のものとして廃棄するという理屈ものみこめるだろう。わたしのいってることに間違いはないね？」

ジェフライオンは深い溜息をついた。「間違いじゃないとは思います、しかし——」

「まあまあ、ブランディを飲みながらわたしの話を聞きたまえ。それならばきみにもこのことを恐れる必要はなにもないことが理解できるはずだ——ちょうどきみの奥さんがそうだったようにね」

「アンに話したんですか？　彼女は知っているんですね？」

「もちろん知っている。問題は、きみ自身と同様、彼女にとっても大いに関係のあることだ。そして、いいかね、サム、ここが大事なところなのだが——奥さんはこのことを少しも恐れてなんかいないんだよ。彼女は、それによって大きな変化が生じるとは考えていないのだ。むしろそれを誇りに思ってさえいるんだよ」

「彼女がそういう見方をしていると知っていくぶん気もやすまります」

「きみだっていずれそうなるさ。とにかく、そのグラスを空にして、わたしの話を最後まで聞きたまえ。なにそう大して暇はとらせないからね」ショー博士はちょっと一息いれて窓の外を眺めてからふたたび話しはじめた。「今からしばらく前、——大戦争が起こる前の——二十世紀のなかばごろ、科学者たちは音の完全な再生に関する研究に着手した。今考えればいかにも原始的だとおもわれるかもしれないが、当時の人々にはまさに奇蹟として映ったに違いない——二つのマイクロフォン、一枚の音盤に刻まれた二条の溝、ふたまたに分かれたピックアップ、二つのアンプリファイヤーと二つのスピーカー、それは不器用な道具だてかもしれないが、人間の二つの耳にマッチする最初の立体音システムだったのだ。しかもそれは、ほぼ完璧に近いところまで達していた。わかるかね？　完璧に近いものだったんだよ。これ以上のものは考えられないという成果だったのだ。その結果、ほどなくして演奏会——何百人という人間が居心地のよくない会場にひしめき合うという妙ちきりんな催しのことだが——というものが完璧にすたれてしまった。なにしろなまの演奏よりも完璧な立体音楽がわが家に居ながらにして聞けることになったのだから無理もない。しかし、一方技術者たちはなおも実験を積み重ね、精度をあげ、これ以上装置を改良することは無意味だという段階に到ってもなお研究を続けたのだ」

「無意味ですって？」とジェフライオンがさえぎった。

「改良が無意味になるとはどういうことですか？」

「ともかくこの場合は無意味だった。なぜなら、人間の耳のほうが機械の改良に追いつけなくなってしまったからだ！　しかし彼らは倦むことなく感度の高いマイクロフォンをつくりつづけ、かぞえきれないほど多くの音の奇蹟を実現させた。さて——ここで——例の母なる自然が、人類に親指を与え、毛皮を奪い去った立役者がふたたび登場することになる」ショー博士はいったん言葉を切って、しばらくするとまた続けた。「きみはこれをどう思うかな、サム？　やはり恐ろしい、不自然なことだという考えは変わらないかね？」

ジェフライオンは、いかつい両手をかたくにぎりしめた。「ぼくにはわかりません。やっぱり自分の目で——確かめてからでなければ」

「よろしい」ショー医師は机の上のスイッチを押して呼びかけた。「ミス・クレイン、どうぞ」

やわらかいふくらみのある女性の声が部屋の中に拡がった。「はい、ショー先生」

医者は青年の顔を見てにっこり笑った。「ブランディをもういっぱい飲むかね、サム？」

「いや、結構です」

医者は自分のグラスにブランディを注いだ。そして、「では、進化に対して乾杯だ。それから、適応性と母なる自然に対しても」といいながらグラスを飲みほしたとき、入口のドアが開いて、小さな、毛布に包まれたものを両腕に抱えた看護婦が姿を現わした。「ほれ、チビさんがおいでなすったぞ」医者はいった。「ありがとう、ミス・クレイン。サム、こっちへ来てきみの長男をよく見なさい」

ジェフライオンはいわれた通りに真赤な顔をした小さな赤ん坊をのぞきこんだ。なかなか可愛い顔をしているぞ、こいつは、と彼は自分にいい聞かせた。おまけにアンにそっくりだ。なるほど、べつに恐ろしいことも不自然なこともないじゃないか。自然の気まぐれによって生じた奇形どころか、なかなか優雅で、美しくさえある。なるほどショー先生がいった通り——これは赤ん坊の額にぽっかり芽ぶいた可愛らしいバラのつぼみにそっくりだ。

それは、第三の耳だった。

「さあ、それでは奥さんと会って話をしてやりたまえ」と、やがてショー博士は青年をうながした。

ロンドン氏の報告

London Calling

　ロンドン氏はおびえていた。両手はぶるぶる震え、内臓が腹の中で不愉快にのたうちまわる。彼は両手でマティニのグラスをつかみ、それを口まで運んでいった。最初の一口が喉を通過するとき、全身を痙攣がおそった。なんという厭な味だろう。およそ低級な飲物。だが彼はそれを必要としていた。あれはなんという言葉だったか？――そう、酒の上での空元気《ダッチ・カレッジ》が必要だった。

　というのは、今夜彼は司令部を呼びだして、ある重要な事実を報告しなければならなかったからである。

　彼は驚いて跳びあがった。背後のジュークボックスが突然すさまじい騒音と歌声を発して鳴りだしたのだ。ああ、この耐えがたい声、とロンドン氏は考える。それは長い錆びついた針のように彼に突き刺さって、全身の神経を荒々しく掻きまわした。

　彼は震える片手を持ちあげて、なじみのうすい自分の顔の表面を撫でてみた。そこは汗でびっしょりと濡れていた。冷房装置のあるバーにいながら汗をながしていたのだ。

　女客が一人はいってきて彼の隣りに腰をおろした。彼は静かに手をのばして、その女の心に触れてみた。と、たちまち自分の心に傷手をこうむり、はげしくゆさぶられながら引きさがらざるを得なかった。彼はあわててマティニをがぶりと飲みくだそうとして、一部をカウンターにこぼしてしまった。やがてようやく気をとりなおして、今度はバーテンダーの心の中にはいりこんでみた。が結果は、鏡に映る自分の顔が嫌悪のためにみるみる血の気を失って蒼ざめるのを見ただけだった。

彼はカウンターに紙幣を一枚おいて店を出た。

赤や黄のネオンサインが目をチカチカと刺戟した。彼は両目を閉じた。めまいが全身をのみこんでしまうような感覚におそわれた。ふたたび目を開けると、夜の街を行く人々の群れが、彼の足を踏みつけたり、ドスンと突き当たってきては氷のように冷たい目つきでにらみつけたりしながら、忙しそうに通り過ぎて行く。ふりかえって見るまでもなく、このいやらしい化物めといった調子の、思わずこっちをたじろがせるような激しい敵意を相手が感じていることが手にとるようにわかるのだ。

だが彼は微笑を浮かべる。すると相手は怒ったようににらみかえす。彼は絶えず肘でこづかれ、そのたびに笑顔を浮かべて口の中でぶつぶつ詫びをいいながら、群衆とともに歩き続けた。そして考えることはただひとつ、憎しみということだけだった。きみたちは全身これ憎しみの塊りのようなものだ。だがしかし、なぜこのわたしを憎むのか？　もしもわたしの正体を知っていれば、たぶん恐れもしようが、一見なんの害も与えそうにない、きみたちとまったく変わったところのないこのわたしをなぜそれほどまでに憎むのか？　わたしはきみたちとまったく同じ人間なのだ――少なくとも外見はまったく同じはずなのに。顔だってべつに変わったところはないし、同じような服を着て、きみたちの尊敬すべき古い都から借りた名前だってちゃんと持っている。もちろん話す言葉も同じだ。それなのに、なぜわたしを憎むのか。

彼は以前にそこで気まぐれな破壊と殺戮の数々のシーンを見たことがある、ニュース映画館の前を通りすぎた。また、裏切り、圧制、崩壊にいろどられた歴史書を何冊も読んだことのある図書館の前も通った。

彼の心は、糸巻の糸がほぐれるように、記憶をたどって回転していった。

やがてふとある建物の入口に向かうと、ひとつの笑顔が彼を迎えた。

「スーツをぐんと引き立てる品はいかがです？」

店員が――太った、浅黒い顔を汗でテカテカ光らせ、白いシャツの袖をひじまでまくりあげ、黄と紫の混ったネクタイをしている――ロンドン氏に近づいてきた。

「これなどはいかがですか？」

愛想笑いを浮かべた男はネクタイを一本手に持ってさし出した。グリーンの地にピンク色で大きなヌードが描いてあるやつだ。「これはだんながたに人気があるんですよ。たった一ドル五十です」

笑っているのは顔だけだ。その裏にはロンドン氏を身震いさせるような貪欲と野卑が隠されている。「いや、結構」彼は陰気な声でこたえて、あわてて外へ逃げだした。

彼はある目的をもって慎重に一軒のドラッグストアを選び、そこの電話室にとじこもった。受話器をはずしてありきたりの電話をかけているように見せかけながら、実は通話口にではなく、さきほどからリズミカルに震動しはじめている手首の腕輪に話しかけていた。

「こちらロンドン。至急司令官につないでくれ」

「司令官はただ今会議中だ。あなたの報告はわたしが受けるよう命じられている」

「しかし、司令官に直接話す必要がある」

「会議中は邪魔をしてはいけないことになっている」

「では、非常優先権を使わせてもらおう」

ロンドン氏は最後の切札を持ちだして、汗を流しながら電話室の中に腰をおろした。やがて間もなく、さっきとは別の声が聞こえてきた。

「ロンドンか？……」

「そうです」

「司令官だ。報告したいことがあるそうだが？」

「はい、司令官」

「では、はじめてくれ」ロンドン氏は頭の中で適当な言葉を探し求めた。「どうした、ロンドン？　通話が切れたわけではあるまいな」

「違います。どうも申しわけありません。じつは、今日の報告はいつもとかなり違うのです」

「とにかく、できるだけ具体的に説明してくれ、ロンドン。聞いてるぞ」

「では……」ロンドン氏は急に彼らの言葉で話しだそうとした。

「きみの報告は地球の言葉でいい表わせないほど異常なことなのかね？」

「違います。しかし……」

「では他惑星からデータを送る際の規則に従って、その星の言葉で話すようにしたまえ。はじめてくれ」

ロンドン氏は深い溜息をついて本題にとりかかった。

「この星の管理は問題外かと思います」

「それはきみの意見であって、データではないようだ、ロンドン。問題外かどうかの決定はわれわれにまかせておけばよい」

「はい、司令官」

「きみの任務は、老婆心ながらもう一度念を押すならば、その星の住民の心を調査し、彼らがわれわれの管理をどの程度まで受け容れそうかを見極めることにすぎない。きみの発見が、その星に接近する方法を計画するうえで大いにわれわれの役に立つのだ」

「それはわかっております、司令官。わたしはこれまでにも何度か同じ任務を果たしてきました。多くの見なれない生物に姿を変えて、彼らの間を歩きまわり、這いまわり、あるいは飛びまわったりしながら、その生物たちの心を読んできました。だが、今いる星の住民たちのような心を持つ連中には、残念ながらいまだかつて一度もお目にかかったことがありません。司令官、わたしは彼らが恐ろしくて仕方がないのです。彼らを見ていると気分が悪くなってきます。なんといったらいいか、彼らはまさに怪物です」

「怪物ならきみもわれわれもこれまでに何度もお目にかかってきたはずだよ、ロンドン。だが、われわれはいつも彼らに打ち勝ってきた」

「いや、これまでに出会った怪物とはまるでちがうのです。彼らの心は恐ろしさに満ちみちている、この上なく邪悪な生物なのです。彼らは自分たちの都市という都市に目のくらむような明かりや頭の痛くなるような騒音をまき散らす、美というものをすべて破壊してしまう、そして、同胞に対しても、他のいかなる種族に対しても、永遠につきることのない敵意を抱き続ける、以上が彼らにあっては最も自然な状態なのです。わたしには彼らが死と破壊と醜悪さへのあくなき欲望によって駆りたてられているとしか思えない……」

「ロンドン、きみのは客観的な報告とはいえないようだな。頼むから――」

「まあ聞いてください。わたしは恐ろしいのです、司令官。もしわれわれがこの星を管理しようとした場合、どんな事態が惹き起こされるかということが心配なのです。ここの種族はわれわれには向いていません。ここで感じる恐ろしさには、どんなにすぐれた管理者でもとうてい歯が立たないでしょう。最悪の結果が目に見えています。彼らは互いに相手を隷属させ、殺し合い、貢ぎ物と畏怖を要求し合っているのです。管理などとんでもない！　もしわれわれがこの星にやって来たとしたら、反対に彼らに管理されてしまいます！

彼らはわれわれの秘密を探りだし、出所をつきとめて同胞を奴隷とするためにわれわれの故郷へ押し寄せてゆくでしょう。そして悪意の塊りのような彼らは、やがてわが種族を破滅させてしまいます」

「落ちつきたまえ、ロンドン。きみは見なれない生物の奇妙な姿に判断力を狂わされているのだ。これ以前にきみが果たした数度の任務を思いだしてみたまえ。われわれは他惑星上に、いかに効果的な管理支配体制を打ちたてたことか。きみの説明には多分に感情的な要素も含まれてはいるが、それによって判断するに、きみのいる星はとりわけわれわれの管理を必要としているようにおもわれる。これは至急を要する問題なのだ。一刻も早く行動を開始しなければなるまい。ただちに先遣隊を派遣しよう。彼らは五単位時間以内にきみのもとへ達するだろう……」

「いけません！　これ以上われわれの仲間をこの星によこさないでください！　お願いです！　わたしのいうことを信じてください！」

「ロンドン、落ちついて指示に耳を傾けるのだ。きみは先遣隊が到着するまでなお住民の観察を続行する。先遣隊を迎えたら、彼らに完全かつ理性にもとづいた報告をおこない、それがすんだらこちらへ引き揚げるのだ。わかったかな、ロンドン、きみはこちらへ引き揚げるのだぞ」

「わかりました。わたしはこの任務に不適格だとお考えになったのですね」

「違う。ただ、きみはしばらく休養する必要があると考えただけだ。べつに――」

「司令官」

「なんだ?」

「わたしの願いを聞いていただけますか?」

「どんなことかいってみたまえ」

「そこから〝われわれの都市〟を見てください」

「見ているぞ」

「美しいと思いませんか? あなたもわたし同様に、それを愛しているでしょうね?」

「美しい都市だよ、ロンドン。われわれはみなそれを愛している」

「そこにあるわれわれの生活、これもまた美しい、そうですね?」

「もちろんだ。しかしきみ――」

「もしあなたがわたしの声に耳を傾けないとしたら、怪物たちが〝われわれの都市〟に侵入するでしょう。彼らは同胞たちを殺し、生き残ったものを奴隷にし、都市にネオンサインをとりつけ、ジュークボックスでそこを冒瀆するでしょう――」

「ネオンサイン? ジュークボックス? それはなんのことかね?」

「彼らの文明の象徴です。それとも彼らが畏れ敬う醜悪さという神の似姿とでもいいましょうか」

「ロンドン、いいかげんに報告を打ち切りたまえ」

「司令官……」

「先遣隊を迎える準備にかかることだ。いずれきみがこっちへ戻ったら、改めてじっくり話し合おう」

「司令官！」

しかし、ロンドン氏の腕輪のリズミカルな震動はすでにやんでいた。諦めきれずに手首を振ってみたが、もはやその装置からはなんの物音も聞こえてはこない。

電話室の外には、電話を待つ人々が長い列を作っていた。ドアを開けてその横をすり抜けるとき、彼らの内心の苛立ちと憎しみの感情が、波のようにロンドン氏を襲ってきた。

彼はドラッグストアの外へ出た。たちまちにして耳ざわりな騒音と目ざわりな風景と悪臭が押し寄せてきた。彼は信号が赤に変わるのも気づかずに、通りへ一歩足を踏みだした。ブレーキがけたたましく軋り、運転手がどなりつける。「どうしたんだ、目が見えないのか！　それとも轢き殺されたいってのかい？」相手の内部から発散する激しい怒りに胸の悪くなるような嫌悪を感じて、ロンドン氏は逃げるようにその場をはなれた。

彼は愛する〝自分の都市〟と、今目の前にある悪臭と混乱の街を比較しながら、地下鉄の階段をおりにかかった。つぎに情愛深い自分の友人たちのことを思い、それから今自分の周囲に群れ集まっている人々をながめて思わずたじろいだ。心の中で、絶望が恐れにとってかわった。

地下一階にたどりついた。救いようのない絶望感に感覚が麻痺させられてしまい、ガラス窓の中の女に気づかずにその前を通り抜けようとしたとき、女は一枚の銅貨で乱暴に、高圧的な態度でガラス窓を叩いて彼の注意をうながした。彼はあわてて立ちどまり、ポケットの中の金を探した。

あいにくポケットの中には五ドルより小さい金がなかった。彼のうしろでは、苛立った乗客たちが列を作りはじめている。彼らの怒りがしだいにふくれあがって、ついに彼を窒息させそうになるのが手にとるようにわかった。窓口の女はバラ銭を数個荒々しく彼のほうに突きだし、黄色くなりかかった一ドル紙幣をさも面倒くさそうに四枚かぞえた。彼女の手が紙幣を一枚置くごとに、つぎつぎと四種類の異る感情が爆風となって吹きつけるように思われた。それは、侮蔑……冷笑……苛立ち……嘲罵……

　彼は釣銭を両手ですくいあげて、よろめきながら地下二階への階段をおりた。

　プラットホームに入ってくる電車の轟音が地下にこだました。それは音楽でいう漸強音《クレシエンド》のように、しだいにたかまっていき、ホームに到着すると同時に耳を聾せんばかりの極点に達した。

　ロンドン氏の足は吸いこまれるようにプラットホームをはなれ、線路の上に一歩踏みだしていた。

防 衛 活 動

Ounce of Prevention

一等航宙士は、丸い大きな観測窓を通して、黄金色の球が宇宙船の下の世界にゆっくりとただよい降りてゆくのを見守っていた。

やがてそれが眼下に光り輝く都市のぼんやりとかすんだ裏通りへ、ひそかに音もなく着地するのを確かめてから、彼は満足そうにほっと肩で息をした。

これで彼らが運んできた恐ろしい積荷の、最後の一個が地上におろされたのだ。

彼は明るく輝く観測窓のレンズのスイッチを切って、勢いよく観測室をはなれた。

一等航宙士がやってきたとき、船長は自室でカクテルを作っているところだった。「やあ」船長はいった。「きみを待っていたところだ。ソーダを入れるかね？」

「ストレートがいいです」彼はさし出された容器を受けとった。「これで最後の卵を産み終わりました、船長」

「知っているよ。下へおりてゆくのを自分の観測窓から見ていたところだ。投下位置がじつに正確だったな」

「おほめいただいて恐縮です」

「では、平和のために乾杯だ」と、船長がいった。

「乾杯」

二つのグラスが触れ合ってカチンと鳴った。強い酒が一等航宙士の喉をひりひりさせ、目をうるませた。彼は強い酒を飲みなれないうえに、あまり好きでもなかった。だが下級船員が船長に向かって乾杯を断わるわけにはいかない。「なかなかいい酒ですね」と、彼は多少無理をしてお世辞をいった。

「いや、安酒だよ」船長はあっさり答えた。「だが、これが防衛活動にあたる高級船員用として規定された品物なのだ。まあ銀河系の向こう側へ帰るまで待ちたまえ。そうしたらきみをバーへ連れて行って、もっとましな酒でわれわれの任務の完了を祝うことにしよう」

「その日を楽しみに待っています」

船長もその返事を聞いて嬉しそうだった。「きみはいいやつだ。おれが今まで一緒に働いた航宙士の中では一番きみが気に入ったよ。さて、いよいよ宇宙へ向けて出発し、上から花火見物としゃれこむか、え？」

「そうしましょう」

彼らの船――黄金色の金属でつくられた、光り輝く円盤で、絶えず鈍い唸りを発している――が、眼下の乱雑な都市から飛び立ち、着実に上昇して惑星の大気圏と重力圏を通過するまでに、それほど多くの時間を要しなかった。

観測室では、一等航宙士と船長が椅子に腰をおろして下方を見守っていた。植物の繁茂した惑星が、しだいに目の前から遠ざかって行く。樹木の生い茂った部分は、鮮かな緑色の布で巨大なつぎをしたように見え、海は太陽の光を反射して銀色に輝いていた。そして、ヴェイルのような雲が、その星全体をさまざまな厚さで包みこんでいた。

その星から少しはなれたところに、もう一つの、さらに大きな星がぼんやりとかすんでいた。前者は後者の衛星にすぎないのだった。二人の目には、大きな惑星のほうは厚い雲に覆われてほとんど見えず、ときたま水蒸気の立ちのぼる海や豊かな原始林がちらと目につくだけだった。

一等航宙士が沈黙を破って口を開いた。「あなたはいつごろからこの仕事に従事しているのですか？」

船長は顔をしかめてそれに答えた。「おれがつい癇癪をおこして、九二三〇植民地の兇暴な原住民を何人か殺してしまってからずっとだよ。高官たちはおれが慈悲深い統治官となるためには、あまりにも衝動に左右されやすい人間だと判断して、防衛活動のほうに配置替えをしたのだ。あまり昔のことなんで、今じゃもう記憶も薄れてしまったがね」いい終えると、彼の目は急に険しい表情を帯びた。

一等航宙士は、船長が思いがけず必要以上に個人的な告白をしたことに少なからず驚かされた。たぶん、これは酒の酔いのせいなのだろう、と心の中で呟き、それから声にだしていった。「これはりっぱな計画ですね、船長。そう思いませんか?」

高級船員は唸りともつかない声を発した。

「りっぱな計画?……そりゃそうだ。おれもそう思うよ。銀河系連合の繁栄を推進する計画なら、たとえどんなものであれ、賞讃に値する。そうじゃないのかね?　そしてこれに反対するものはすべて――」彼の声にはかすかに苛立たしげな響きが加わった。「――〝不合理〟というわけだ。われわれはどんな手段を用いても合理的でなくてはならないのさ」

「そうですとも」

「よろしい。では始動開始の指令を出してくれ。仕事が早くすめばそれだけ早く故郷へ帰れる。おれの知ってる最良の論理はこれだよ」

一等航宙士はすぐにマイクロフォンに向かった。スイッチを入れると、船長の気むずかしい威厳のこもった口調をできるだけ真似ようとつとめながら、「始動係、用意!」と指令を発した。

始動係のロボットの、物静かで無表情な声が応じた。

「始動係、準備完了!」

若い航宙士は、歯切れのよい口調で命令や番号を伝達した。

「諒解」と、ロボットが答えた。

一等航宙士は深呼吸をひとつしてから、叫んだ。

「始動開始!」

彼が最後の指令を発し終わった一瞬後に、衛星上に向けて、光と等速で進む衝撃波による信号が送られた。地上では、高度の文明を誇る住民たちの知らない、何千という黄金球がその信号を受けるのだ。それらの内部では各種の酸が流出し、金属の内壁が溶解し、化学薬品が混り合い、複雑なメカニズムが始動する……

かくして地獄の力が解き放たれる。

一等航宙士と船長は観測窓を通して、網の目のように張りめぐらされた無言の爆発によって、目に見えるかぎりの衛星の表面に白い真珠のような煙の花が咲くのを眺めていた。やがて煙の花はしだいに拡がり、それぞれがつながり合って惑星全体を白く厚い殻の中に包みこんでしまった。惑星はいったん微かにふくれあがるかに見えたが、やがてしばらくすると、白い有毒ガスの雲は薄れはじめ、散り散りになって消えていった。

つい先刻まで見えていた緑の草や木は完全に姿を消している。銀色に輝く海ももはや存在しなかった。そればかりか、惑星を包んでいた大気や、ありとあらゆる生命の分子が一つ残らず消えてしまったことを一等航宙士は知っていた。

観測窓を通して二人の目に映じるものは、今や完全な灰色の死と化した一個の巨大な球体にすぎなかった。黒ずんだ場所はかつて海だった凹みの跡であり、荒廃した地上に散らばる、破壊的な奇病によって死に追いやられた人間の顔に残るあばたのような無数の点は、何千何万という数の爆弾の殻だった。

幾多の防衛計画に従事した経験を持つ船長にとってさえ、この光景は気持のよいものではなかった。

「これこそ偉大な一瞬です」一等航宙士がいった。「ぼくは、この瞬間にぼく個人の願望が満たされるような感激を味わうのです」

「きみ個人のだって？」船長は観測窓から目をはなさずに問いかえした。「なぜだね？」

「ぼくはまだほんの小さな子供だったころから」と、航宙士は答えた。「防衛活動という言葉と、それの持つ意味に惹かれていたのです。青年になってからは、邪悪な意志を持つ種族が、銀河系に繁殖するのを防ぎとめることの重要性を、本当に理解するようになりました。多くの星における予防爆撃の記事をいくつも読みましたが、その中にひとつだけ特別に興味を感じたのがありました」

「それはどんな記事だったのかね？」と、船長は丁寧な言葉つきでたずねた。

「今目の前に見えているこの小さな衛星への、数度におよぶ探査旅行の物語だったのです。それには、はるか大昔の、この星がまだ巨大な爬虫類の棲む湿ったジャングルでしかなかったころにおこなわれた第一次探査のことも、この星の上の生命の発展を調査する目的で間イオン期ごとにおこなわれたそれ以降の探査旅行のこともすべて書かれていました。そしてやがて、比較的最近に派遣された最後の探査隊の報告も読む機会があったのです。その報告は、今やこの惑星上に棲む生物たちが宇宙旅行に出発する日は、危険なほど近い将来に迫っていると述べていました」一等航宙士はそこで言葉を切って一瞬顔を輝かせた。「それを読んだとき、ぼくは決心したのです。自分もこの防衛計画に参加しなければならないと！　ぼくのこの希望が受理されたときは、生涯の最良の日だという気がしたものです。もちろん、今日の感激にはそれも遠く及びませんが」

「すると、きみは今幸せなんだね？」船長ははじめて観測窓から目をはなして青年に問いかけた。

「もちろんですとも！」

「それはよかったな」船長の声には砂のように感情がこもっていなかった。

「あなたは幸せじゃないんですか？」

「幸せ？」船長は苦々しく反問した。「そういえば昔は幸せだと思ったこともあったが、それはいつごろのことだったろうかな。たぶんきみぐらいの年齢のころだったかもしれないよ」

一等航宙士は相手の思いがけない反応に当惑してしまって、いうべき言葉を知らなかった。

「しかし、おれのことなど気にしないでもいい。きみは今幸せを感じている、それでいいじゃないか。おれはすでに幸せを感じる能力を失ってしまった失意の老人にすぎないんだよ。だから、おれのいうことなど黙って聞き流せればいいんだ」そういって彼はふたたび観測窓のほうをふり向いた。今は死に絶えた星が、彼のほうを見返すように思われた。

「それぞれに希望や夢を持っていた何百万という生命」彼は静かにひとりごとを呟いた。「そして何百万年という進化の上に築きあげられた成果、それらが一瞬にして消えてしまうのだ」

「しかし」一等航宙士は急いで指摘した。「彼らは邪悪な意志の持ち主なんですよ」

「もちろんそうだ。邪悪なる意志か。おれはそれを忘れかけていたよ。だがどうやってそれを知るのかね？おれはその方法をすっかり忘れてしまった」

若い航宙士は船長が本気なのかそれとも自分をからかっているのか決めかねて、一瞬答えをためらった。やがて、適当な言葉をあれこれ探しながら、「それは、われわれの観察に基づくのです。われわれは、彼らが絶えざる戦争で互いに殺し合うのをこの目で見てきました」

「なるほど、そうだったな。しかし、おれの記憶に間違いがなければ、われわれの種族の歴史もやはりはるか昔にあった数度の戦争のことを伝えている——それはまだわれわれの文明が幼児期にあったころのことだがね。違ったかな？」

「ええ、それは確かに事実です……しかし、あなたが今おっしゃったように、戦争があったのははるか昔のことで、現在のわれわれはそういった野蛮さをとうに克服しています」

「それはそうだ」船長は観測窓の中央に浮きだしている傷だらけの星を指さしながらいった。「われわれは戦争などというものがなくなる時代まで生き残ったのだ。銀河系の向こう側から、われわれを抹殺するために爆撃をしかけにくるものはもはや存在しない」

「その通りです」若い航宙士は話し合いの雲行きがいささか怪しくなりかけているのに気づいて答えた。

「きみも同じ意見かね？」

「完全に同じとはいいませんが……」

船長は不明瞭な声で呟いた。「まあいい、気にすることはないよ。おれのような考え方をとことんまで押しすすめるのは無駄なことだ。それは、銀河系連合的な考え方からすれば、あまりにも論理的すぎるというものだろう。どうせ彼らには気に入るまい」そして、船長はだしぬけに大きな声で笑いだした。「それよりも、もしも防衛活動の必要がなくなれば、われわれは失業者になってしまうわけだな」

「それですよ！」青年はこの冗談にいくぶんほっとしながら、声を合わせて笑った。

「さて、そろそろ帰路につくとするか」

一等航宙士は機敏な動作でマイクロフォンにとびつき、ロボットの航宙士たちに命令を伝達した。反加速度推進力が作用して、船内では動いている感じがまったくしなくなった。間もなく二人の高級船員は——ロボットの乗組員たちを乗せた巨大な宇宙船の中には、生きた人間はこの二人しかいなかった——ふしぎなめまいを感じて目の焦点がぼやけ、風と、鐘の音と、風洞内を吹き荒れる風から成っているかのごとき形容しがたい物音を耳に聞いた。それが終わると、宇宙船は帰路の数百万光年という距離を、一挙に数ヵ月間の航行距離にまで短縮してしまう次元平面に突入しているのだ。宇宙空間における彼らの位置は少しも変わっていないが（爆発に見舞われた星の観測窓における位置がそれを証明している）、船が動きだすとき、その変化は明らかなものになるだろう。

一等航宙士が命令を発した。「発進！」

観測窓に映る大きな星とその死せる衛星は、まるで巨大な投石器で遠くへ投げだされでもしたかのように、一瞬にして二個の点と化した。

やがて船が速度を増すにつれて、観測窓はしだいに役に立たなくなっていった。時おり通りすぎる星々の白い軌跡に彩られた暗黒の深淵以外には、何物もそこに映らなくなっていたからである。船長はやがて観測窓のスイッチを切った。「さあ、またおれの部屋へ戻ろう」彼はいった。「基地へ到着するまでにはまだ間があるから、その間にまずい酒だが割当て分を全部飲んでしまおうじゃないか」

　彼らはゆっくりと船長室へ戻った。そしてふたたび喉の奥へ酒を流しこんだ。

「ところで」と青年が話しかけた。「あの大きい星のほうにもいつかは知的生物が存在するようになると思いますか?」

　船長は相手の顔をじっと眺めながら答えた。「きみは学者だ――だがおれは違う。断言はできないが、その可能性はあると思うな。大きいほうの星は現在草や木が生い茂っていて、いわば衛星のほうがかつて何世代も昔にそうだったのと同じ様相を呈している。衛星のほうは体積が少ないから、冷却して固まるのも早かったろうし、やがて生物――知覚をそなえていて、宇宙旅行すら可能な生物が発生するのも早かったろう。それを考えれば、いずれは大きいほうもそれと同じ発展過程を経るというのはありうることだよ。これこそ論理的な思考というもんじゃないかね?」

「ええ……」一等航宙士は何かほかのことに気をとられているらしく、上の空で答えた。「そうだとしたら、われわれはすぐにまた探査旅行をはじめなくてはなりませんね。さもないと、いつかはあの星が銀河系にとって一大脅威となる日がくるかもしれない!」

「そのことなら、銀河系連合ではもうとっくに考えているに違いないさ」

「おそらくそうでしょう」青年はそう答えてから急にわれに返り、あわてていいなおした。「ええ、もちろん考えていますとも」

　船長は自分のグラスを空っぽにし、相手がまだ自分のをもてあましているうちにもう一杯新しく注ぎなおした。「知的生物か……」彼は呟いた。「きみのおかげでいろんなことを考えさせられてしまったよ。もしかりにあの大きいほうの星に、知的生物が生まれたらどうだろう。彼らがやがて科学を発達させ、宇宙を観測する望遠鏡を作りだして自分たちの月を注意深く観察しはじめたとしたら……。その連中は爆発がいたるところに炸裂孔をつくった空気のない死の世界をどういうふうに受けとると思うかね？　彼らはその異様な状況をどう説明するだろうか？」

「そんなことは一度も考えてみませんでしたよ」

　一等航宙士の触手は、ようやく空っぽになった酒の容器をなおいっそう強く握りしめた。


「だめだよ、チャーリー、聞きたくないね！」ベイツが悲しそうに叫んだ。「またしても例の話なんだろう！」

「その通り」チャーリーは社会部長の机の上に腰をかけた。「またしても例の話ですよ」

「いいかげんにしてくれよ」ベイツはうめいた。「いくらなんだって空飛ぶ円盤の記事ばかりそう何度も載せるわけにはいかんじゃないか」

「しかし、今度のは少しばかり違うんです。南米のあるインディオが巨大な黄金色の円盤からこれも黄金色の小さなギズモが降ってくるのを見たという報告なんです。しかもそればかりじゃない。アイルランドに住む一婦人と、お膝元のニューヨークの一女学生がやっぱり同じことをいってるんですよ。そして彼らの言い分はいつも同じで——大きな黄金色の円盤と小さな黄金色の球なんです」

「それじゃなにか、円盤が金の卵を産んだとでもいうのかね？　まるでおとぎばなしの鵞鳥だな」

「でも、事実それに違いないんです」

　社会部長は首を横に振りながら笑いだした。「なるほど、それはそれなりに色彩に富んでいる。よし、書いてくれ、チャーリー、ただし少々ふざけた調子で軽い読み物に仕上げるんだぞ。そうすれば記事に穴があいたとき、埋め草に——」

　だが、社会部長はその言葉をみなまでいい終わらなかった。

解　説

ミステリ評論家
日下三蔵

本書は、レイ・ラッセルの第一短篇集 *Sardonicus and Other Stories*（一九六一年）の全訳である。元本は〈異色作家短篇集〉の第十五巻として、六四年九月に刊行されたが、全十八巻のうち十二冊がハードカバーで再刊された〈新版・異色作家短篇集〉には含まれなかったので、今回が実に四十二年ぶりの復刊ということになる。

レイ・ラッセルには、本書を含めて短篇集二冊、長篇一冊の三冊しか邦訳書がなく、本書以外の二冊も八〇年代半ばに刊行されたきりだから、あまり馴染みのない読者の方が多いかもしれない。まずは作品に負けず劣らず異色なその半生をご紹介しておこう。

レイ・ラッセル、本名レイモンド・ロバート・ラッセルは、一九二四年にイリノイ州のシカゴに生まれた。十九歳の時に空軍に入り第二次大戦では南太平洋を転戦。除隊後はシカゴ音楽公立学校に入学し、シカゴのグッドマン音楽劇場、アメリカ財務省、ウェスト・コーストの証券会社などに勤めた。

五四年に《プレイボーイ》の創刊に参加。当初は副編集長、五五年から六〇年までは編集長として、同誌の躍進に多大な貢献を果した。自らも創作の筆を執り、《プレイボーイ》《エスクワイア》《アメージング》《ファンタジー・アンド・サイエンス・フィクション（F&SF）》などに、レイ・ラッセル、ブライアン・レンスロウ、ロジャー・ソーンといった名義で作品を発表している。

六〇年十月号で編集長を退いて編集顧問となり、フルタイム・ライターとしての活動を始める。ホラー映画の脚本家としても活躍し、六二年のエドガー・アラン・ポー原作、ロジャー・コーマン監督「早すぎた埋葬」（姦婦の生き埋葬）ではチャールズ・ボーモントと共同でシナリオを執筆。六三年にはラッセルの原作を同じくロジャー・コーマンが監督した「X」（X線の眼を持つ男）が、トリエステ国際ファンタスティック映画祭でシルバー・グローブ賞を受賞している。

作家としてのラッセルは、よくいえばオールラウンド・プレイヤー、悪くいえば器用貧乏といった観があり、これまで邦訳紹介に恵まれてこなかったのが残念であった。ラッセルの著作リストは以下の通りだが、本書の他には、日本オリジナル編集の短篇集『血の伯爵夫人』（ソノラマ文庫海外シリーズ）が八六年四月、ホラー長篇『インキュバス』（ハヤカワ文庫NV／モダンホラー・セレクション）が八七年五月に、それぞれ刊行されたのみである。

1 Sardonicus and Other Stories(1961)　短篇集　※本書
2 The Case Against Satan(1962)
3 The Unholy Trinity(1967)　短篇集
4 The Colony(1969)
5 Prince of Darkness(1971)　短篇集

6 Sagittarius(1971) 短篇集
7 Incubus(1976)
8 Prince Pamela(1979)
9 The Devil's Mirror(1980) 短篇集
10 The Book of Hell(1980) 短篇集

本書のタイトルは、原書の表題作「サルドニクス」から *sardonic*（冷笑的な）の意を取って付けられたもの。その他の作品はＳＦとミステリの短篇もしくはショート・ショートばかりだから、本書の中ではゴシック小説の定型を踏まえたこの怪奇中篇だけが、内容・分量ともに異質である。

しかし、著者はこの作品に愛着と自信があったようで、後に自らシナリオを書いて映画化しているし、同傾向の中篇を続けて発表している。'Sagittarius'（ソノラマ文庫海外シリーズ『モンスター伝説』所収「射手座」）と'Sanguinarius'（ソノラマ文庫海外シリーズ『血の伯爵夫人』表題作）がそれで、六七年の短篇集 *The Unholy Trinity* は、タイトルの韻を踏んだ中篇三部作を一冊にまとめたものである。

長篇四作のうち *The Colony* は歴史小説だが、残る三作は怪奇小説である。邦訳のある『インキュバス』は、田舎町で起こった連続強姦殺人事件の謎に人類学者が挑む、というもの。人間には実行不可能な犯行の痕跡から、主人公は事件が伝説の淫獣インキュバスの仕業であることを突き止めるのだが……。エロティックで刺激的なストーリーに目を奪われていると、最後に明かされるインキュバスの正体に驚愕することになるだろう。読み返してみると丁寧に伏線も張られており、ミステリとしても上出来の隠れた傑作である。

第一長篇 *The Case Against Satan* は、本書の元版の月報に寄せられた伊藤典夫氏の紹介によると、「悪魔に取り憑かれて、教会を冒瀆し、牧師を誘惑する少女を、必死になって救おうとする神父の話。最後には近親相姦までからんで（あちらとしては）かなりショッキングなお話になっている」とのこと。

ラッセルの作風について、永井淳氏は本書の元版の訳者あとがきで「強いて近いところを探せばフレドリック・ブラウンの足技的器用さというところだろうか」と述べている。歴史的事実から神話まで、ありとあらゆるところから材を採り、それを短篇にもショート・ショートにもきっちりとまとめてみせるラッセルの小器用さを、的確に評した言というべきか。

本書に収められたような作品群に対して、「器用なだけ」とか「アイデアだけ」とか「後に何も残らない」といった言葉で批判をするのは容易いが、そうした教条主義的な評者には「それのどこが悪い？」と返答したい。読んでいる間はとにかくスリリングで楽しくて、最後のオチにハッとしてページを閉じる——。娯楽としての読書にはこれで充分であることを、職人作家ラッセルは身をもって示しつづけたといっていいだろう。《プレイボーイ》の名編集長らしく、セックスをはじめとして、映画、演劇、美術、音楽、料理と、あらゆる娯楽を愛したレイ・ラッセルは、九九年にこの世を去った。

なお、本書収録作品の初出は以下のとおりである。（書誌情報については山岸真氏よりご教示を得ました）

「サルドニクス」《プレイボーイ》一九六一年一月号
「俳優」《プレイボーイ》一九六〇年三月号（ブライアン・レンスロウ名義）
「檻」　初出誌不明　一九五九年

「アルゴ三世の不幸」《ルージュ》一九六一年四月号
「レアーティーズの剣」《マンハント》一九五九年十月号
「モンタージュ」《プレイボーイ》一九五八年十月号
「永遠の契約」　初出誌不明　一九五九年
「深呼吸」《タイガー》一九五六年
「愉しみの館」《イマジネーション》一九五五年五月号
「貸間」《プレイボーイ》一九六一年二月号
「帰還」　書下し
「バベル」《F&SF》一九五七年十一月号
「おやじの家」《イフ》一九六〇年三月号
「遺言」《プレイボーイ》一九五六年一月号（レックス・フェビアン名義）
「バラのつぼみ」《F&SF》一九五九年八月号
「ロンドン氏の報告」　書下し
「防衛活動」《プレイボーイ》一九六〇年九月号（ブライアン・レンスロウ名義）

二〇〇六年九月

本書は、一九六四年九月に〈異色作家短篇集〉として刊行された。

嘲笑《あざわら》う男《おとこ》
異色作家短篇集 16

2006年10月10日　初版印刷
2006年10月15日　初版発行

著　者　レイ・ラッセル
訳　者　永《なが》井《い》　淳《じゅん》
発行者　早川　浩

発行所　株式会社　早川書房
東京都千代田区神田多町2－2
電話　03－3252－3111（大代表）
振替　00160-3-47799
http://www.hayakawa-online.co.jp

印刷所　株式会社亨有堂印刷所
製本所　大口製本印刷株式会社

定価はカバーに表示してあります
ISBN 4-15-208766-8 C0097
Printed and bound in Japan